D1101658

L'étrangère

VALÉRIE TORANIAN

L'étrangère

―――――

ROMAN

En souvenir d'Aravni

À mes parents
À mes fils

« Ceux qui ont vraiment quelque
chose à dire, ils n'en parlent jamais. »

Albert CAMUS
(*Carnets III, mars 1951 – décembre 1959*)

LE TRAIN

Je suis toute petite et je vais sauter du train.
J'ai les pieds joints en haut du marchepied, le
corps incliné en avant dans l'encadrement de
la portière. Je vois mes sandales blanches,
mon manteau court et mes collants en laine.
Ma grand-mère est déjà sur le quai. Je lui
tends les mains, elle les attrape. Elle plisse ses
petits yeux, sa face ronde s'éclaire d'un grand
sourire attendri. Elle attend que je saute.

Un, deux, trois...

Je suis bien calée au bord de la marche, mes
deux chaussures impeccablement alignées. Je
vais me lancer. J'hésite. C'est un peu haut.

Ma grand-mère me presse, sa voix est ner-
veuse. Les autres passagers sont descendus.
Tant mieux, maintenant j'ai toute la place
pour moi.

À trois, je saute.

La voix de ma grand-mère est de plus en
plus aiguë. Je ne comprends rien à ce qu'elle
dit, elle devrait parler français, ce serait plus
simple. Même un, deux, trois, elle n'y arrive
pas. Elle dit *meg, yergou, yerek*, comme
quand je saute du banc du square et qu'elle

me rattrape. Le train, c'est tout de même plus haut, et en bas il y a des cailloux gris, mes chaussures vont être sales.

À trois, j'y vais.

Un coup de sifflet retentit. Ma grand-mère hurle, paniquée. J'ai toujours mes deux bras tendus à craquer, mes mains dans les siennes. Elle voudrait tirer fort, mais elle redoute que je tombe entre la rame et le quai, dans la gueule qui bée au-dessus des rails. Le train grince et s'ébranle. Des passagers se retournent et nous regardent, inquiets.

Tant pis, se dit-elle, je tire.

Tant pis, me dis-je, je saute.

Je tombe, je rate le quai. Je disparais dans la gueule béante. Mon bras s'accroche au rebord en ciment. Mon manteau est déchiré. Le train avance. Je sens sa chaleur contre mon corps. J'ai peur. Des bras me tirent violemment. J'ai envie de pleurer. Non, je pleure déjà.

Mes genoux, mes coudes, mon épaule me font mal. On m'allonge sur un banc. J'ouvre les paupières. Penchés sur moi, de grands yeux, de grands nez et de grandes bouches inconnus me fixent.

J'aperçois le visage de ma grand-mère : il est blanc comme la craie. Elle détaille fébrilement chaque parcelle de mon corps. Elle vérifie si tout est complet, en bon état, si rien ne manque. Il y a du sang sur mes jambes comme quand j'étais tombée des rochers à Jullouville. Ça pique.

Ma grand-mère respire fort. Elle tremble. Elle baragouine plein de mots incompréhensibles, regarde les gens autour d'elle et dit en français : « Mon Dieu, merci. » Quand elle dit merci c'est « mééérrrrssiiii ». C'est drôle.

Une dame en uniforme s'approche avec un verre d'eau. Je suis contente, j'ai soif. Mais elle l'offre à ma grand-mère, qui tremble toujours. Sa poitrine monte et descend très vite, ça doit l'inquiéter.

Ma grand-mère lui adresse un deuxième méérrrrssiii et me tend le verre d'eau. Elle marmonne de nouveau quelque chose sur Dieu, ouvre son sac de dame à fermoir métallique et me donne une barre de chocolat au lait Milka violet, mon préféré. Quand elle me voit mastiquer la première bouchée et qu'elle constate le fonctionnement normal de mon palais, de ma dentition et de ma déglutition, signe sans équivoque pour elle de la bonne santé d'un enfant, c'est comme si l'air s'engouffrait de nouveau dans ses poumons, après une immense apnée. Un long râle sort de son corps. Et de façon tout à fait gênante, elle éclate en sanglots bruyants.

Bien des années plus tard, elle me confiera : « Tu comprends, ma chérie, à ce moment-là j'ai pensé : une fois de plus dans ma vie, la mort est passée juste à côté, mais elle ne s'est pas arrêtée. Tu as roulé sous le train, j'étais sûre que tu étais broyée. Et puis tu n'avais rien ! Quelques égratignures, c'est tout ! Crois-moi, c'était un vrai miracle. Depuis ce jour-là, je sais que la main de Dieu est sur toi. Comme elle a été sur moi. Ce que nous avons vécu, qui peut le raconter, qui peut le comprendre ? Si tu savais... » Je la prends au mot :

« Comment pourrais-je savoir si tu ne veux rien me dire… » Le silence se referme sur elle.

Pendant un bref instant son regard va se perdre ailleurs. J'ai l'impression qu'elle hésite. Je compte dans ma tête jusqu'à trois. À trois, elle va parler.

Elle se tourne vers moi, le visage soudain animé. Mon cœur bat un peu plus vite. Elle s'extrait de son fauteuil en cuir rouge et de ses coussins en crochet, et m'indique la direction de la cuisine : « Ma tête n'est plus ce qu'elle était. Je t'ai mis de côté tes biscuits et j'allais presque oublier. »

filles. Sous la chair ronde, un corset de convenances articule son corps dans une vigilance permanente.

Dans mon regard de petite fille, ma grand-mère n'est pas belle. En tout cas pas selon les critères en vigueur dans mon enfance et dans mon cénacle féminin, où ma mère règne en longue liane blonde aux yeux bleus. Mais je sais que je suis de cette souche. Je suis de la lignée des boucles drues, des yeux sombres et des paupières qui tombent. Je ne m'y résous d'abord pas de gaieté de cœur. Face à l'arbitraire génétique qui m'a spoliée de mon héritage maternel, j'émets des messages de protestation. Mes cahiers de brouillon sont barbouillés de petites filles modèles à la frange blonde et raide au-dessus de grands yeux bleus, offrandes amoureuses déposées au pied de l'autel maternel pour prouver ma bonne foi et mon indignation devant l'invasion des gènes étrangers. Mais il est trop tard. Sous mes yeux impuissants se trame déjà le Yalta de la famille, qui divise nos rangs en deux camps.

Du côté de ma mère, ma sœur aînée, dont je suis persuadée qu'elle est sa fille préférée (ses cheveux sont admirablement lisses). Du côté de mon père et de ma grand-mère, le camp des bouclés. Mon camp. Du côté de ma mère et de mon père, en double rattachement, mon frère, qui arrive enfin, Dieu soit loué, après deux filles. Non content de créer l'unanimité par le seul génie de son sexe, mon frère a en plus l'avantage écrasant dans le rapport de forces d'être couronné de cheveux blonds et raides. À tel point que mon père suggérera à ma mère d'éclaircir davantage les siens pour être en « conformité » avec son fils.

Je m'incline sans protester. J'ai compris qu'il sera le petit prince de mes parents et bien sûr de ma grand-mère, idolâtre tout orientale de l'héritier mâle de la famille.

Je me range dans le camp des bouclés par dépit, mais je reconnais qu'il a du panache. C'est celui de la puissance dominante, du maître de maison. Le camp des bouclés ne m'appelle pas Valérie mais Astrig, mon deuxième prénom, qui signifie en arménien petite étoile. Puisqu'il faut briller, je me lance. L'objectif est de séduire mon père, figure sévère et crainte. J'occupe le terrain comique, j'invente des personnages, des langages, je suis en représentation permanente.

Avantage collatéral, ma mère s'amuse de mes improvisations et je sens ma cote de popularité grimper (peut-être va-t-elle se rendre compte de sa méprise et procéder à un échange de chouchoutes avec mon père…).

J'étends sans réserve et sans discussion possible mon autorité d'aînée et de chef des divertissements sur mon frère. Le prendre sous ma coupe, c'est me venger subtilement de son leadership de roitelet et c'est aussi m'assurer les bonnes grâces de tous ceux qui n'ont que dévotion pour lui et qui me regardent attendris dès que je le fais rire. Mon frère est mon premier public, il glousse à mes bêtises et finira par devenir, au fil des années, mon associé à part entière en forfaitures diverses qui occupent nos longs après-midi de désœuvrement.

La fonction de pitre que je m'assigne n'a pas comme unique but d'attendrir mon père. Elle est aussi ma réponse aux tensions palpables qui règnent dans la maison.

Leurs origines sont complexes. Je ne saisis pas encore leurs articulations ni leurs enjeux, mais ma grand-mère y joue un rôle important. J'attendrai longtemps avant d'avoir accès à des bribes de son histoire, mais peu importe, je perçois son aura dramatique aussi sûrement que l'odeur d'oignons de sa cuisine et, bien sûr, son étrangeté et ses bizarreries épaississent le mystère.

Elle est arménienne et tout ce qui est arménien procède du tragique, du schisme culturel avec ma mère, et de l'imprononçable (bien avant que j'appréhende l'indicible) d'une langue dont l'alphabet, inventé par un moine sadique du Ve siècle, décline pas moins de quatre façons de rouler les r, deux manières de dire le d, le p et le q.

Ma grand-mère est une « rescapée du génocide ». Ces trois mots la définissent, la contiennent et l'isolent du reste de l'espèce. Son drame se confond avec elle : c'est une identité et une fin en soi. À mes camarades j'explique d'un ton grave que ma grand-mère « a perdu toute sa famille, massacrée par les Turcs, alors qu'elle était très jeune, c'était horrible, elle a beaucoup souffert ».

Je ne sais rien d'autre. À l'image de son corps massif, son passé est une citadelle imprenable. Oser lui demander des détails me semble inimaginable et cruel.

La faire parler est d'autant plus voué à l'échec que, hormis la pesanteur du tabou, nous ne nous comprenons pas. Jusqu'à la fin de sa vie, ma grand-mère ne parlera qu'arménien, et les quelques phrases rudimentaires qu'elle prononce en français tiennent de la survie élémentaire (acheter son pain, récupérer sa pension de retraitée à la poste) ou du désir d'entrer en relation avec ses petits-enfants dans un puzzle franco-arménien abrégé que nous sommes très peu à comprendre.

Pas de livres d'enfants lus avant de s'endormir, pas d'échanges anodins sur sa santé ou le temps qu'il fait. Pas de « C'était comment quand tu étais petite fille ? »

Mon apprentissage de l'arménien n'ayant donné de résultats convaincants qu'à l'adolescence, notre relation va se nourrir non par les mots, mais par la bouche. Ma grand-mère investit mon palais.

L'entreprise est facilitée par un détail géographique important. À partir de la fin des années soixante, elle s'installe dans l'appartement au-dessus de celui de mes parents, dans le Xe arrondissement de Paris. Mon père impose à sa femme un régime de cohabitation avec sa belle-mère, rendu acceptable par le fait que les deux appartements ne communiquent pas et que ma grand-mère ne partage pas nos repas, sauf celui du dimanche midi.

Dans cet appartement du haut, mon frère occupe une chambre, ma sœur et moi une autre. Après une porte de séparation, arrive le domaine de ma grand-mère : sa cuisine, son salon minuscule où trône la télévision, son balcon, sa salle de bains, sa chambre.

Je passe le plus clair de mon temps à quelques mètres de ses fourneaux. L'obsession orientale du gavage d'enfant et l'intense satisfaction qu'il nous procure à toutes les deux sont à l'origine de nos échanges. C'est par gourmandise que j'apprendrai mes premiers mots d'arménien, récités à toute allure : « Bonjour, comment vas-tu, un tire-bouchon s'il te plaît. »

Le « tire-bouchon » (en français dans la phrase) désigne un délicieux biscuit salé en forme de tresse, que mon frère et moi avons baptisé ainsi parce qu'il ressemble vaguement à la tige torsadée de l'ustensile du même nom. Ma grand-mère guette ce mot, tire-bouchon, qui la met toujours en joie, dispose amoureusement les biscuits dans une assiette et m'installe dans son petit salon. Son corps lourd calé dans son fauteuil rouge, elle me grignote du coin de l'œil en savourant sa victoire.

Mange, mon tout-petit, mange. Dans chaque bouchée que tu enfournes, il y a des tonnes d'amour que j'ai gardées au chaud entre mes deux gros seins, et je t'attache à moi par tes papilles, par ta salive, par ta langue, par ton petit ventre dodu d'enfant qui n'a jamais connu la faim, Dieu t'en préserve, et tous ces gâteaux, c'est ma revanche sur la vie, ou plutôt sur la mort. Et je t'attache à moi par le sucre et le sel, par ces épices douces-amères dont ta mère ignore même l'existence, et à chaque nouvelle bouchée je te fais mienne aussi sûrement que ta mère t'a faite sienne lorsqu'elle t'a sortie de ses entrailles en poussant un grand cri.

AMASSIA
Juillet 1915

Aujourd'hui, c'est Vartavar. La fête de l'eau.
La fête préférée d'Aravni. On se poursuit dans
les jardins, dans les rues du quartier arménien, et même devant le parvis de l'église
Saint-Jacques après la messe pour s'asperger
d'eau. Toutes les familles fabriquent des
petites croix en bois, qu'on garnit de fruits et
de fleurs et qu'on apporte à l'église pour être
bénies. On les accroche sur les portes des maisons. On se souhaite l'abondance pour les
récoltes et la fertilité pour les troupeaux. Le
prêtre célèbre la Transfiguration de Jésus-
Christ, mais le père d'Aravni dit toujours en
riant que c'est une fête de païens, comme
presque tous les rituels ancestraux arméniens
qui ont été convertis en fêtes chrétiennes.

On accroche des offrandes au front des
bœufs, afin que le mauvais œil s'éloigne, et on
jette de l'eau en l'honneur de la déesse Astrig
pour que la pluie arrive et que les récoltes ne
s'assèchent pas sur pied. Les gamins sont
surexcités parce qu'il est permis d'asperger qui
on veut, les filles, les professeurs, même le

prêtre. Pas les Turcs, évidemment, mais personne ne serait assez fou pour le faire.

Aravni arrive devant le parvis de l'église. Cette année, il n'y aura pas de messe ni de célébration. D'ailleurs le prêtre n'est plus là. Il a été arrêté il y a quelques jours, avec tous les hommes entre dix-huit et cinquante ans : ils ont été emmenés, enchaînés quatre par quatre sur la route de Sivas.

Père et Hagop, le jeune mari d'Aravni, ont été arrêtés par les gendarmes avec tous les notables et les chefs des organisations politiques arméniennes de la ville il y a quatre mois. Le père d'Aravni est un responsable du parti Dachnak, une organisation qui se bat pour défendre les droits des Arméniens. Les Arméniens subissent depuis des siècles les persécutions et les vexations des Turcs dont ils sont les sujets au sein de l'Empire ottoman. Mais des sujets de seconde zone. Des sujets chrétiens dont la présence sur ces terres est bien antérieure à l'arrivée des Turcs au XIᵉ siècle. Des sujets embarrassants. Des sujets que le tout nouveau gouvernement Jeune-Turc, qui a pris le pouvoir en 1908, voudrait bien voir se soumettre ou disparaître. Les Jeunes-Turcs, qui ont destitué le sultan, ont de grandes ambitions pour leur pays. Ils veulent un destin national pour la Turquie et un seul grand peuple, racialement et religieusement homogène. Les Arméniens sont un souci. La Première Guerre mondiale, dans laquelle ils sont alliés aux Allemands et opposés aux Russes, leur fournit le cadre idéal pour traiter le problème.

Pour neutraliser les Arméniens, le pouvoir a commencé par arrêter toutes les têtes pensantes. On les accuse d'être à la solde des Russes. De détenir des armes. S'ils ne les rendent pas sous vingt-quatre heures, ils sont arrêtés. La peur de finir dans les cachots turcs est telle que certains qui ne possèdent pas d'armes en achètent pour les rendre et prouver ainsi leur bonne volonté et leur docilité. Évidemment, ils sont les premiers arrêtés. Et tous ceux qui n'ont rien restitué aussi. Il n'y a pas de choix gagnant.

Le père d'Aravni, Tatéos Messerlian, et son mari, Hagop Boyadjian, ont été emmenés en mars et emprisonnés au quartier général de la gendarmerie à Amassia. Les murs n'étaient pas suffisamment épais et les habitants du quartier ont entendu les cris des hommes torturés pendant des jours. Puis ils ont été transférés à la medrese de Sifahdiye. Depuis, plus de nouvelles.

Hier soir, Anna Messerlian a rassemblé autour d'elle ses deux filles, Aravni et Maral. Elle leur a pris les mains :

— Mes filles chéries, demain nous quittons notre maison, nous partons par le premier convoi. Ils disent qu'ils nous déplacent à cause de la guerre et qu'à l'issue du voyage nous retrouverons nos maris.

Maral a souri à sa mère pour tenter de masquer son inquiétude.

— Nous allons peut-être retrouver Père, tu dois être contente, ma petite maman.

Maral a dix ans. Encore une enfant, mais plus tout à fait. Elle a de beaux cheveux blonds roulés en tresses et des yeux clairs. C'est la préférée de leur mère, Anna. Elle et Maral sont du même bois. Tendre et précieux. La même façon gracieuse de sourire et de se mouvoir. Le contraire d'Aravni qui se sent toujours gauche et empruntée.

Anna est une femme élégante. Lorsqu'elle se rend à la manufacture de son mari, en bordure du fleuve Iris, et qu'elle traverse Savayid dans son cabriolet à chevaux, son ombrelle protégeant sa peau du soleil, les femmes et les hommes tournent la tête sur son passage. Elle est toujours habillée à la dernière mode. Elle va régulièrement avec lui à Istanbul lorsque Tatéos Messerlian doit rencontrer ses fournisseurs et passer ses commandes. Son magasin de mercerie est un des plus beaux de la ville. La richesse d'Amassia repose sur la tissanderie, principalement détenue par les Arméniens. L'essor récent des métiers mécanisés que Tatéos importe d'Allemagne a encore accru sa prospérité. Quand Anna le suit à la capitale, elle fait les magasins, rapporte des bottines, des chapeaux, des gants pour ses filles et de précieux journaux français remplis de gravures de mode et de patrons qu'elle feuillette avec ravissement. Tatéos réserve toujours les plus beaux tissus pour lui fabriquer ses robes en taffetas, ses corsages en soie, ses jupes en cotonnade légère pour l'été.

Aravni pense à son père et comme chaque fois son cœur se brise. Elle adore son père. Elle ferait tout pour lui plaire. Elle a tout fait pour lui plaire. Elle a épousé son cousin éloigné Hagop Boyadjian. Il est né à Gurun, a fait ses études au célèbre lycée Sanassarian à Erzeroum. Il est diplômé de l'Institut séricole de Brousse et s'est même rendu en Allemagne pour parfaire ses connaissances en agronomie. C'est un élève brillant. Un homme raffiné, instruit, passionné par les progrès de la science, doué pour le piano.

Aravni a consenti à ce mariage sans aucun sentiment pour son futur époux. Mais elle était fière de devenir la femme d'un homme distingué et intelligent. Elle avait seize ans, un âge raisonnable pour se marier, et elle faisait tellement plaisir à ses parents. Tatéos Messerlian était au comble du bonheur. Son gendre allait l'aider dans le développement de son activité. Ensemble ils faisaient des projets enthousiastes : ils allaient révolutionner la culture des vers à soie, importer des machines plus perfectionnées, créer de nouveaux ateliers et employer encore plus de main-d'œuvre. Bien sûr, toute cette prospérité agaçait les notables turcs de la ville. Mais Père savait y faire. Un trousseau complet de nourrisson pour le nouveau-né du chef de la police. Une robe en soie brodée de dentelles pour la femme du gouverneur. De sublimes coupons de taffetas pour la dot de la fille du préfet. Il payait pour avoir la paix et que les tracasseries administratives ne viennent pas entraver sa fougue entrepreneuriale.

Il y a quatre mois, lorsque les gendarmes sont venus l'arrêter, tous les amis turcs qui festoyaient à ses frais le dimanche ou venaient

25

se servir au magasin dès que leur femme avait besoin de draps ou de nappes l'ont instantanément oublié.

Lorsque Djélal bey, le chef de la gendarmerie, a pénétré dans leur salon, son regard a fait le tour de la pièce, s'attardant sur les canapés, les miroirs, les belles tentures aux murs, avec le sourire satisfait du futur propriétaire. Il n'a pas adressé la parole à Anna et Aravni qui suppliaient qu'on leur donne des explications et juraient que jamais de leur vie elles n'avaient vu une arme dans leur maison. Il continuait son inspection des pièces, de sa belle démarche élastique d'officier aux bottes cirées, attentif au mobilier et aux bibelots.

C'est cet air-là, encore plus que les brutalités dont les Arméniens, hélas, faisaient régulièrement les frais, qui a fait froid dans le dos à Aravni. Ce qui se passait était d'un autre ordre. Comme si Djélal Bey ne faisait plus cas d'eux. Comme s'ils étaient déjà gommés du décor.

Anna a souri tristement à Maral.

— Mon ange, je ne sais pas ce que les Turcs ont fait à ton père et à Hagop, mais toutes les informations qui nous parviennent nous font craindre le pire.

Elle s'est penchée en avant et a disposé sur la table basse plusieurs petites pochettes en tissu.

— Toute notre fortune est là. L'argent, les livres turques, les bijoux, les médailles. J'ai tout cousu dans ces pochettes. Vous allez les coudre à votre tour dans les doublures de vos

26

robes, en les aplatissant bien. Maral, tu garderas simplement de l'argent. Aravni, j'ai rassemblé tes bijoux de mariage et de fiançailles. N'ouvrez jamais ces pochettes sous les yeux de qui que ce soit, même de proches. Nous allons partir pour un long périple. Les Turcs ne nous feront pas de cadeau.

Elle a fermé les yeux et Aravni s'est demandé si elle priait ou si elle était juste anéantie. Puis chacune a commencé à coudre en silence, le front penché sur l'ouvrage, tandis que le soleil déclinant inondait la pièce et accrochait des reflets roux dans leurs cheveux.

Ce dimanche matin, il règne une confusion indescriptible sur la place Saint-Jacques. Les Arméniens ont été prévenus qu'ils devaient partir il y a quarante-huit heures. Destination inconnue. Depuis, le quartier ressemble à un bazar en folie : on vend dans la précipitation n'importe quoi pour tenter de se faire un peu d'argent en prévision du long voyage. Des lits d'enfants, des édredons, des guéridons, des machines à coudre, des miroirs. Les Turcs font de fort bonnes affaires : tout se brade pour des miettes. Un grand nombre de charrettes à bœufs a été rassemblé et obstrue la place et les rues avoisinantes. Elles sont prises d'assaut. Ceux qui ont les moyens de payer partiront en charrette. Les autres à pied. Ballots, malles et couvertures s'empilent. Le départ est proche.

Aravni cherche Méliné des yeux. Méliné est la sœur de sa mère, c'est aussi sa marraine de baptême et sa marraine de mariage. Son mari et son jeune fils, Kévork, âgé de dix-huit ans, ont été arrêtés avec Tatéos et Hagop au printemps.

Aravni adore sa tante. C'est une femme qui sait tout sur tout, elle a la langue bien pendue, trop bien pendue, disait toujours Père. Pas aussi belle que sa sœur, mais un sacré caractère. Elle la découvre soudain, adossée à une charrette, immobile, le regard noyé dans le vide.

Aravni s'approche. Elle a deviné. Avant même que Méliné ne parle, elle sait ce qu'elle va dire.

— C'est fini, ma colombe, nous ne les reverrons jamais. Ni Hagop, ni ton père, Tatéos, ni mon mari, ni mon Kévork...

Aravni n'entend plus. La voix de Méliné lui parvient comme dans un lointain écho. Voilà des semaines qu'elle redoute cette nouvelle. Mais ce qui l'anéantit à ce moment précis n'est ni le chagrin, ni la douleur. C'est la peur.

Méliné a supplié le docteur Nazim, un ami de son mari, d'obtenir des renseignements dignes de foi auprès du commandement militaire de Sivas. Il lui a confirmé ce que la rumeur disait : tous les Arméniens arrêtés en mars ont bien été exécutés, sans procès. Quelques jours à peine après leur transfert.

Aravni ne veut plus écouter. Elle court en direction de leur maison, où Anna emballe ses dernières affaires avant de les rejoindre. Elle veut la voir. Tout de suite. Sa mère saura. Le docteur Nazim est-il fiable ? Peut-être que certains ont réussi à fuir ? Ou ont promis de l'argent en échange de leur liberté ? Souvent

Père règle les choses avec de l'argent. Il est malin.

Aravni arrive devant chez elle. La porte est ouverte. Elle entre, essoufflée, se rue dans le salon. Personne. Elle se précipite à l'étage.

— Maman, c'est moi, Aravni, où es-tu ?

Elle s'arrête, interdite, sur le seuil de la chambre à coucher de ses parents. Le jardinier turc, Mehmet, est là, avec sa femme, Gulizar, et leur fille, Isin. Ils ont sorti tous les vêtements des penderies et sont en train de remplir de grands sacs. Son arrivée semble embarrasser les deux femmes, mais Mehmet ne se démonte pas.

— Bonjour, madame Aravni, nous rangeons les affaires de votre père et de votre mère.

Aravni comprend. Ils se servent. Ils ont dû épier le départ de Maral et de Mère pour être les premiers. Bientôt, ce sera la curée. Bientôt, toutes les maisons arméniennes seront pillées, livrées aux vautours.

Elle pâlit. Dans les mains de Gulizar, la grosse Gulizar qui pue l'ail, elle voit la robe en cretonne rose de sa mère, qu'elle portait hier encore. Trop précieuse pour le voyage. Elle l'a laissée avec la quasi-totalité de ses toilettes. Pas eu le temps de les vendre. Pas eu envie.

— Lâchez ça, hurle Aravni. Elle arrache la robe des mains de la femme qui soutient son regard.

Ma parole, elle me nargue, pense Aravni.

Elle se précipite dans sa chambre. Les tiroirs ont été vidés. Les armoires aussi. Elle pleure. Et ses larmes l'épouvantent. Je n'ai pas pleuré quand Méliné m'a dit que Père et Hagop sont morts et je pleure parce que ces gros porcs volent mes robes et celles de Maman. Je suis folle. Je suis un monstre.

Le secrétaire où elle rangeait tous ses papiers a été visité, lui aussi. Ils devaient chercher de l'argent ou des bijoux. Les documents et les lettres ont été éparpillés.

Elle aperçoit le diplôme de Hagop. Son diplôme de fin d'études de l'Institut séricole de Brousse, délivré en octobre 1906. Rédigé en français et en turc. Un magnifique diplôme. Elle inspecte la jolie frise ornementale, les pleins et les déliés de l'encre, les tampons et les cachets, les élégantes signatures du jury d'examen. Elle le plie délicatement. En deux. Puis en trois. Puis encore en deux. Elle glisse le rectangle de papier entre sa robe et sa chemise de toile, contre son ventre.

Elle descend l'escalier, sort de la maison sans un regard pour Mehmet, Gulizar et Isin, tout occupés à leur travail de charognards, et retrouve la rue qui grouille de femmes et d'enfants. Des dizaines de gendarmes, encadrés par des officiers, ont envahi le quartier et veillent au bon déroulement des opérations. À leurs côtés, les tchétés, des bandits repris de justice, libérés de prison pour assister l'armée et l'Organisation spéciale chargée de l'élimination des Arméniens.

Après demain partira le deuxième convoi. Il y en aura quatre en tout. D'ici dix jours, Amassia sera vidée de ses treize mille sujets arméniens.

Aravni a retrouvé leur chariot. Il est conduit par Moustafa, un jeune garçon de ferme, réquisitionné comme tant d'autres pour s'occuper des bœufs et du transport le temps du voyage. Les gendarmes les considèrent comme leurs auxiliaires, mais ce sont les Arméniens qui doivent les payer. Il a seize ans à peine et a l'air perdu et gentil. Aravni s'assoit à côté de sa mère défaite et lui prend la main sans dire un mot. Méliné et Maral se sont calées à l'arrière avec les bagages.

Les chariots commencent à s'ébranler. Le convoi numéro un quitte Amassia. Le soleil éclaire le vallon et les falaises abruptes qui dominent le fleuve. La journée va être magnifique.

TRAHISONS

Toute mon enfance, je suis coupée en deux par un conflit de loyauté et déchirée par les arbitrages qu'il m'impose.

Si je dis à ma mère que j'adore les gâteaux de ma grand-mère, ne va-t-elle pas être blessée et croire que je préfère ma grand-mère, alors qu'il n'en est rien ? Ce serait un atroce malentendu. Pour ne décevoir ni ma mère, ni ma grand-mère, je mange à tous les râteliers, je camoufle, je mens, j'improvise. Prise en flagrant délit de retour d'un goûter-gavage chez ma grand-mère alors que l'heure du dîner approche, et voyant ma mère prendre sa mine sévère, je me désolidarise lâchement. « C'est elle qui a insisté, tu sais comme elle est, j'ai pas osé dire non, ça lui aurait fait de la peine, qu'est-ce que c'est lourd, ces gâteaux... »

Je suis misérable, je poignarde ma grand-mère dans le dos, je l'enterre vivante avec ses pâtisseries, son bon rire confiant et le secret espoir qu'elle caresse que je vais m'ouvrir à ma mère et à mon père de ce goûter délicieux et qu'ils sauront quelle bonne grand-mère elle est. Au lieu de cela, je dis à ma mère, qui livre

33

une sourde bataille diététique à ma grand-mère, ce qu'elle aimerait entendre et qui la rassure : cette cuisine est trop riche et indigeste, mais bon, il faut bien céder de temps en temps, pauvre femme, elle y met tellement de cœur, et puis elle risque de se vexer, elle se vexe pour un oui ou pour un non, mon Dieu que ces Arméniens sont susceptibles...

Comme toute bonne traîtresse, je donne des preuves de fidélité aux deux camps. Au coup bas porté à ma grand-mère répondra quelques jours plus tard le coup bas porté à ma mère.

Dans les heures indolentes d'après l'école, où je ne me résous pas à commencer mes devoirs sans avoir été ravitaillée, j'entre dans la cuisine de ma grand-mère, je lui bredouille trois mots d'arménien, puis j'ajoute : « J'ai faim », en français, mais bien sûr elle comprend (s'il y a une phrase qu'elle comprend, c'est bien celle-là). L'air inquiet, elle articule péniblement un : « Vous goûter ? » (n'oublions pas le niveau rudimentaire de nos échanges), auquel je réponds, en franco-arménien, mesurant d'avance le bonheur que je vais lui faire : « Non, goûter y a pas. »

Tandis qu'elle s'empresse de sortir de leurs boîtes en fer les gâteaux, salés et sucrés, auxquels elle ajoute confitures et fromages, je l'entends marmonner dans un charabia révolté auquel je ne comprends goutte, mais dont je capte intimement le sens, toute une litanie destinée à accabler ma mère, qu'elle accuse de nous sous-alimenter. Sa voix tremble d'indignation en évoquant l'inconséquence de sa belle-fille, son absence d'instinct maternel et d'aptitude à remplir son rôle nourricier. « Même pas un paquet de biscuits secs ou une tablette de chocolat à se mettre sous la dent, c'est honteux ! Ah, c'est pas une mère arménienne qui laisserait ses enfants sans rien à manger ! Mais pourquoi mon fils m'a fait ça, épouser une Française, mais qu'est-ce qui lui a pris ? Il aurait eu toutes les filles arméniennes qu'il voulait, aïe, aïe, aïe... » (qu'en arménien on prononce *vaï, vaï, vaï*).

Dans la guerre des bouches que se livrent au-dessus de nos têtes, sans jamais s'affronter directement, ma grand-mère et ma mère, l'une nous voit comme une couvée d'oisillons affamés qu'elle rêverait de pouvoir sustenter nuit et jour, l'autre comme une triplette d'enfants à élever avec des repas à heure fixe, de la salade verte, de la viande rouge et des yaourts, bref, ce qu'une femme active dans les années soixante-dix considère comme l'alpha et l'oméga d'une alimentation saine.

Je suis gênée de laisser ma grand-mère accabler ma mère sans le moindre mouvement de protestation, c'est assez minable, j'en conviens. Honteuse, j'imagine ma grand-mère convoquant mon père et accusant sa bru de mauvais traitement d'enfants (ce qu'elle aurait été capable de faire !).

J'ai plus de mal à imaginer la suite. Mon père tenaillé entre sa mère et sa femme, comme dans tout bon vaudeville familial... Aurait-il prêté une oreille complaisante à sa mère, ou balayé sa doléance d'une réplique agacée ? J'opte pour la deuxième hypothèse, mais, au fond de moi, je le soupçonne de ne

CONVOI D'AMASSIA
Juillet 1915

Les premiers jours, ils ont mangé leurs réserves. Au bout d'une semaine, comprenant qu'ils ne pourraient compter sur aucun ravitaillement, ils ont économisé ce qui leur restait : les pains et les fruits secs. La principale source d'approvisionnement, pour l'eau comme pour la nourriture, dépend des villageois turcs, tcherkesses ou kurdes dont ils traversent les villages. Au début, beaucoup ont eu pitié d'eux et leur ont distribué pain et cruches d'eau. Mais les convois arrivent de toutes les provinces d'Arménie pour converger vers le sud-est. Pour les villageois, faire la charité à autant de réfugiés est impossible. Eux-mêmes manquent de tout. Vendre l'eau ou le pain, en revanche, est devenu pour certains un commerce très profitable. Après tout, ces Arméniens ont les moyens de se payer un verre d'eau.

La nuit tombée, Aravni se cache entre sa tante et sa mère pour découdre à leurs extrémités les pochettes dissimulées sous ses vêtements et sortir les pièces nécessaires à la survie du lendemain. Anna décline rapidement sans que l'on comprenne s'il s'agit du manque d'eau, de la fatigue ou d'une tristesse de l'âme encore plus dangereuse que la maladie. Aravni et Méliné la surveillent, inquiètes de voir ses forces décliner aussi vite. Elle reste allongée dans la charrette, serrée contre Maral. La mère et la fille ne forment plus qu'un seul corps.

Le troisième jour a eu lieu la première rapine : un groupe de Kurdes s'en est pris au contenu des chariots. Vêtements, couvertures, tapis, vaisselle. Elles ont pu sauver leurs couvertures et quelques vêtements. Ce n'est pas si mal.

Le quatrième jour ont commencé les enlèvements. Les Turcs se sont servis. Les Kurdes se sont servis. Les Tcherkesses se sont servis. Les convois sont devenus d'immenses foires aux esclaves. Des femmes, des jeunes filles, des enfants en âge d'être domestiques. Lorsqu'ils étaient rémunérés au passage, les tchétés ont laissé faire, et inversement ils ont protégé les familles qui les payaient. C'est ce qu'ont fait Méliné et Aravni.

À Tchenguel, les Turcs ont sélectionné les derniers hommes du convoi pour le « travail obligatoire ». Des hommes âgés et quelques adolescents qu'on a regroupés sur des charrettes. Le seul travail obligatoire qui les attendait serait de creuser, quelques kilomètres plus loin, la fosse dans laquelle ils seraient exécutés. Le soir, les chariots sont revenus vides.

Arsinée, une amie de Méliné, a surpris les soldats en train d'étaler devant eux le butin prélevé : des montres et des alliances. Elle a désigné du doigt la chevalière de son mari. Elle souhaitait leur racheter contre trois livres turques. Une somme énorme. L'un des soldats a saisi l'argent puis lui a ordonné de regagner sa charrette. Elle n'a pas bougé et l'a supplié en pleurant de lui rendre la chevalière. Elle a tendu la main vers lui, peut-être pour lui prendre la manche. Un geste de trop. Il a sorti son poignard et lui a tailladé la gorge. Le sang s'est échappé à gros bouillons de la plaie pendant quelques secondes, puis il s'est tari. Dérangé dans ses affaires, le groupe de soldats s'est éloigné de quelques mètres, avant de reprendre sa discussion.

Aujourd'hui, le quinzième jour, à Tokat, leur convoi a rejoint l'axe principal de déportation des Arméniens venant de Trébizonde. L'état-major a donné des consignes claires. Les enfants de moins de cinq ans, facilement assimilables, et les jeunes femmes en âge de se marier et de procréer peuvent être donnés ou vendus aux Turcs. Le gouvernement considère que les femmes arméniennes constituent un terreau intéressant pour l'avenir de la nation : elles sont éduquées, vaillantes et gèrent leur intérieur d'une main de fer. Une fois converties et résignées à leur sort, elles feront de bonnes épouses. La plupart des femmes voient cela comme une déchéance et refusent la conversion. Au risque d'en mourir. D'autres pensent qu'avoir la vie sauve est le plus important. Reste la catégorie des enfants de cinq à douze ans. Beaucoup de chefs d'escadron ont décidé de traiter le problème de façon rapide et ont ordonné de faire des groupes dans les convois. On a expliqué aux parents que leurs enfants allaient être dirigés vers des centres spéciaux où ils seraient pris en charge dans de meilleures conditions et où ceux qui avaient déjà perdu un ou deux parents pourraient être regroupés dans des orphelinats d'État. C'est parfois vrai. Mais rarement.

Maral a dix ans.

La sélection a commencé ce matin, très tôt. Lorsque les soldats s'approchent de leur charrette, Méliné se porte au-devant d'eux et s'adresse directement au chef en le fixant droit dans les yeux :

— Comme vous pouvez le constater, nous n'avons aucun enfant dans la charrette, commandant.

Méliné monte toujours en grade le moindre soldat avec qui elle entame une négociation ; elle pense que la flatterie les ramollit et qu'ensuite on règle le problème avec un peu d'argent. Aravni n'en est pas sûre, ces hommes sont vaniteux et cupides, mais ils ont aussi des ordres.

Tout en parlant, Méliné tend au soldat un morceau de tissu replié. Le Turc l'ouvre et constate, satisfait, que l'Arménienne y a mis le prix. Une chaîne en or, un collier d'argent ciselé et de turquoises (le collier de fiançailles offert par Hagop à Aravni), une médaille en or et deux bagues. Il jette un œil par-dessus l'épaule de Méliné. Dans la charrette, Aravni et Anna font bloc devant Maral. Mais elle n'échappe pas à son regard. Il hésite, puis déclare :

— Effectivement, je n'en vois pas.

Il continue vers la charrette suivante.

Maral tombe de soulagement dans les bras de sa mère. Anna, tranquillisée, se rallonge. Lorsque les soldats et les gardes sont suffisamment éloignés, elle se tourne vers Aravni :

— Ma chérie, maintenant qu'ils savent que nous avons des bijoux, ils nous fouilleront à la première occasion. Tu vas aller voir mon amie Séta Torossian et lui confier les pochettes. Le temps qu'il faudra. Nous garderons juste l'argent liquide.

Séta Torossian travaillait à l'hôpital d'Amassia. Dans le convoi, cela équivaut à un diplôme de médecin. Lorsque les infections et les maladies ont commencé à pulluler, tout le monde est venu la consulter comme un oracle. Aravni avait du pus aux yeux, comme beaucoup des enfants du convoi, à cause de la chaleur, des germes qui circulent et du manque d'eau. Séta lui a conseillé de recueillir un peu de ses urines et d'en tamponner ses yeux. Aravni s'est demandé si elle était sérieuse. Mais sans autre solution plus orthodoxe, elle s'est exécutée. Et ça a marché !

Séta récupère les pochettes et les fait rapidement disparaître à l'intérieur de sa robe. « Je les cacherai mieux plus tard », a-t-elle promis à Aravni.

Sur le chemin du retour, Aravni croise Sourèn Armaghanian. D'instinct, son corps se raidit. Sourèn est le seul homme du convoi.

En échange de la vie sauve, il espionne au profit des Turcs. Il passe d'une charrette à l'autre, laisse traîner ses oreilles et ses yeux. Sa principale mission est de renseigner les officiers sur les familles qui cachent des bijoux ou de l'argent. On le méprise et on le craint.

— Bonjour, Aravni, commence-t-il en esquissant un sourire.

Je te crache à la face, traître immonde, pense Aravni.

— Comment va votre mère ? J'ai vu qu'elle était bien faible. Et votre sœur, Maral, je suis content de voir qu'elle a pu rester avec vous. Dites-moi si je peux vous aider en quoi que ce soit.

Aravni ne répond pas. Le simple fait qu'il ait prononcé le nom de sa mère et de Maral lui fait froid dans le dos. Elle a surtout peur qu'il l'ait vue procéder à l'échange des pochettes. Elle accélère le pas. Sourèn Armaghanian reprend sa ronde, le dos voûté. Il sait qu'il inspire l'horreur. Il en a pris son parti. La peur de mourir est plus forte que tout.

En regagnant la charrette, Aravni aperçoit une petite fille de quatre ans environ assise à côté de Maral. Elle pleure et Maral tente de la consoler et de la distraire en lui chantant une chanson. Elle interroge sa mère du regard.

— Nous allons garder Mariam avec nous, Aravni. Sa mère, Zabel Tospat, est morte ce matin. Elle a été battue la semaine dernière lors d'une razzia des Kurdes. Elle ne s'est pas remise de ses blessures. Je la connaissais bien.

Nous avons travaillé ensemble au comité de bienfaisance à Amassia. Mariam est seule désormais. Mais elle a de la famille à Alep, son oncle, le frère de son père, Hovannes Tospat. Lorsque nous serons arrivés à destination, Dieu sait où, il faudra tenter de le prévenir...

Mariam est une petite poupée dont même la poussière et le chagrin n'ont pas terni la grâce. Elle a d'immenses yeux bruns, les cheveux chiffonnés que deux rubans de velours fatigués tentent de mettre en forme. Sa robe sale a dû être jolie. Sur sa poitrine pend une longue chaîne en or avec une médaille de la Vierge. Sûrement celle de sa mère. Le bijou est trop visible. Sans réfléchir, Aravni se penche vers la petite fille et fait prestement glisser la chaîne sous sa robe. Mariam recule en sursautant. Aravni lui a fait peur.

Méliné les interrompt :

— Ils ont emmené les enfants. Nous allons quitter la plaine. Le convoi va démarrer.

Moustafa, le conducteur du chariot, revient s'installer. Il reprend les rênes et sort de sa poche un morceau de pâte d'abricot séchée qu'il tend à Maral. Il est amoureux d'elle : s'il en avait les moyens, il lui proposerait de partir et d'échapper à toute cette misère. Mais Moustafa est un garçon de ferme sans le sou. Il se contente d'apporter un peu de réconfort à sa belle en glanant et chapardant pour elle dans les villages qu'ils traversent.

La colonne s'ébranle, direction le sud. Maral s'est recroquevillée au fond de la charrette et Moustafa a étendu sur elle sa veste en peau de mouton. Mieux vaut ne pas attirer les regards.

Les officiers se sont rassemblés à la sortie de la plaine avant la jonction avec la route principale. Ils surveillent les opérations. À leurs côtés, quelques hommes en habits de nomades, des chefs de tribus, peut-être. Ils arrêtent une charrette. C'est celle de Séta et ses deux filles. La première a l'âge d'Aravni et la seconde une quinzaine d'années. Aravni voit une ombre s'approcher du groupe et chuchoter deux mots à l'officier en chef. C'est ce serpent immonde de Sourèn Armaghanian. Aravni jette un regard inquiet à sa marraine. Séta a tous leurs bijoux. Si Sourèn suggère de la fouiller, comment va-t-elle s'en sortir ?

De loin, elles la voient parlementer avec des gestes animés. Deux gardes s'approchent de ses filles et les traînent de force hors du chariot. Séta s'affole. Les deux filles se mettent à crier tandis que les gardes les poussent vers les nomades. Séta descend du chariot et supplie l'officier. Il la repousse et lui parle durement. Elle se jette à genoux. Les nomades entraînent les filles en pleurs vers leurs chevaux. Séta, affolée, dégrafe sa tunique, retrousse sa chemise et sort de sous sa ceinture les petites pochettes en tissu d'Anna. Aravni et Méliné scrutent la scène en silence. Elles voient leurs bijoux disparaître dans les mains de l'officier turc.

Deux gardes se sont rapprochés de Séta. Le premier lui immobilise les bras, le second la plaque au sol et lui fouille le corps à la recherche d'autres bijoux ou d'argent. Il relève ses jupes. Instinctivement, Aravni et Méliné serrent leurs jambes l'une contre l'autre. C'est un viol d'un genre spécial. L'un des gardes lui écarte les cuisses et plonge sa main dans son entrejambe. Séta hurle. Ils cherchent encore de l'argent. Sourèn a averti les Turcs que beaucoup de femmes en cachent dans leur vagin. Aravni et Méliné y dissimulent une partie de leurs pièces.

Séta attrape un des soldats à la gorge. L'officier donne un ordre. Le garde lui plante sa baïonnette dans le ventre. Il se redresse et s'essuie les mains sur son pantalon. Apparemment, la pêche n'a pas été fructueuse.

Les filles de Séta ont été attachées sur le cheval des nomades qui s'éloigne lentement, entravé par sa double charge, indifférent au bruit des pleurs.

Aravni est dévastée. C'est fini, elles n'ont plus aucune réserve. Juste un peu d'argent liquide. Comment faire pour survivre sans argent ? Elle s'en veut d'avoir obéi à sa mère et confié les bijoux à Séta.

Le convoi reprend sa marche. Après avoir laissé passer quelques chariots, l'officier fait signe à Moustafa de s'arrêter. Une sueur glacée inonde le dos d'Aravni.

Comme dans un cauchemar, les deux gardes se dirigent directement vers l'arrière de la charrette, bousculent Anna et, sourds à ses supplications, se saisissent de Maral qui jette à sa mère un regard de bête traquée. Méliné cherche l'officier qu'elle a soudoyé. Il observe la scène sans broncher. Aravni entend ses dents claquer. Elle tente de s'agripper à sa sœur. Mariam, terrorisée, s'accroche à la veste en mouton de Moustafa. Méliné parle à l'officier qui la frappe violemment à la tête. Elle s'écroule.

Anna est descendue du chariot. Rassemblant ses dernières forces, elle tente de sauver sa fille.

— Prenez-moi, laissez ma fille, prenez-moi ! crie-t-elle en turc.

— Ta fille va être emmenée avec les autres enfants. On va s'occuper d'eux. On vous a prévenus. Vous empêchez le bon déroulement des opérations. Et vous faites du trafic de bijoux dans les convois. Tu te prends pour qui, mécréante de ta race ?

Aravni, terrifiée, voit l'officier repousser sa mère d'un grand coup de pied dans le ventre. Elle se précipite à son secours. Un des gardes s'acharne à son tour sur Anna à coups de bottes. Aravni se jette sur le corps d'Anna. Maintenant c'est elle qui reçoit les coups. À moitié consciente, elle voit la frêle silhouette de sa sœur soulevée par les soldats ; Maral tourne la tête pour tenter d'apercevoir une dernière fois sa mère, ses yeux clairs écarquillés par la peur. Maral, douce Maral, pense Aravni. Ce n'est pas possible, pas elle. Puis un coup violent l'atteint sur la pommette et sa vue se brouille.

*
* *

Ce soir-là, Anna décide de cesser de vivre.

Les coups l'ont abîmée. Mais la perte de Maral l'a détruite. Moustafa, désespéré, leur a appris que le convoi d'enfants parti vers l'extrémité de la plaine a été directement acheminé vers un camp abattoir.

Lorsque Anna reprend connaissance dans le chariot, elle voit le visage tuméfié d'Aravni penché sur elle. Elle murmure :

— Maral... ?

Aravni secoue la tête en pleurant. Anna a compris. Elle referme les yeux. Quelques instants plus tard, elle les ouvre de nouveau, se tourne vers sa sœur et souffle :

— Aravni...

Méliné, le cœur brisé, lui caresse les cheveux et hoche la tête pour la rassurer. Anna vient de lui confier sa fille aînée et peut maintenant rejoindre Maral, loin de l'enfer sur terre, dans le vert paradis du temps d'avant.

Toute la nuit, Aravni reste assise au chevet de sa mère. Quand son corps commence à refroidir, elle se blottit contre elle, comme une petite fille. Au matin, Méliné la relève doucement et la prend dans ses bras.

— Si j'étais morte à la place de Maral, maman serait restée en vie, murmure Aravni, fixant l'aube violette qui s'étire à l'horizon.

— Je t'interdis de dire ça. Ta mère est morte d'épuisement et de chagrin. Les vivants ne doivent pas se reprocher d'être vivants. Sinon les Turcs nous auront tout pris. La vie et la raison. Le convoi est plein de femmes à moitié folles. Écoute-moi bien, Aravni, nous allons rester en vie et rester fortes.

SAMANTHA

J'aime ma mère et j'en suis fière. J'adore ma grand-mère mais j'en ai profondément honte. Pas belle, pas présentable, trop grosse, trop bizarre, trop étrangère, trop susceptible, trop paranoïaque, trop tout.

J'exhibe ma mère, objet d'amour parfait, comme une décoration à la boutonnière qui flatte ma vanité, et je me réfugie de cinq heures à sept heures dans les entrailles de la cuisine de ma grand-mère, où je jouis de contentement.

Je me fais l'effet d'un homme marié à une belle épouse élégante et raffinée qui s'encanaille dans les bras d'une maîtresse joufflue dont l'haleine pétarade l'ail et l'oignon. Blottie sous la table de ma grand-mère, dans le cliquetis de ses aiguilles à tricoter, j'attends que l'ennui passe, que le soir tombe, que ma mère m'appelle pour dîner.

Dans ces moments de molle quiétude, souvent l'envie me prend de la faire parler. De me pencher avec elle sur les trous noirs de son passé. Mais mon apprentissage lent et pénible de l'arménien est une raison commode de retarder toujours cette épreuve, dont l'approche sadique me perturbe.

Je grignote un biscuit. Une fois de plus, je n'aurai pas faim au dîner. Sur l'écran de télévision, Samantha fronce son ravissant petit nez de Sorcière bien-aimée, aux yeux bleus et au brushing impeccable. Je la vénère. Ma grand-mère s'ébahit de ses mimiques. Le merveilleux nous unit.

Chaque soir, devant notre feuilleton préféré, nous assistons, satisfaites, au triomphe de la modernité et du progrès, quintessence de la vie rêvée des femmes, comblées par l'électroménager rutilant, les villas cosy avec piscines, les enfants sains et les maris benêts menés par le bout du nez.

L'époque est formidable et aucune difficulté ne résiste au pouvoir magique des femmes. Le passé est une cave obscure, peuplée de vermine et de fantômes. Pourquoi se faire du mal à remuer tout ça ? Au nom de quel plaisir morbide vais-je aller porter le fer dans la plaie et remettre à vif ses blessures si péniblement cicatrisées ?

Samantha se dispute avec sa mère, l'extravagante Endora, drapée dans ses voiles de reine de Saba. Ma mère m'appelle pour dîner. Je laisse à regret ma grand-mère en proie aux sortilèges. Un sourire enfantin éclaire son visage et remonte ses bajoues.

NANI D'ARMÉNIE

Le prénom de ma grand-mère est Aravni, qui signifie colombe. Son nom de grand-mère est Nani, mélange neuneu de nan-nan et nini. Rien à voir avec le très sympathique et consensuel Mamie. Dans mon enfance, toutes les grands-mères s'appellent Mamie. Mémé est campagnard. Grand-Mère a une noblesse classique qui force le respect, mais à vrai dire je ne connais pas de Grand-Mère. En revanche il y a des Mamie partout. Dans les publicités, dans les films, dans les familles de mes amies. Et dans la mienne. Mamie est la mère de ma mère. C'est une dame exquise, jolie et bien proportionnée, qui porte de la crème teintée et du rouge à lèvres, qui va chez le coiffeur une fois par semaine et en revient toujours mécontente. Elle prépare des entremets délicieux, au café et à la vanille, tellement légers qu'on pourrait croire qu'ils font mincir. Elle est très occupée : elle a un mari, six enfants, un nombre toujours croissant de petits-enfants, puis d'arrière-petits-enfants, des cousins de Normandie, des cousins issus de germains par alliance de Toulouse. Elle

51

raconte volontiers ses souvenirs : sa mère qui lui préférait son frère, son père qui lui interdit de prolonger ses études et ainsi de réaliser son rêve de devenir médecin, la guerre qu'elle traversa avec six enfants accrochés à ses jupes dont deux nourrissons. « Et vois-tu, ma petite-fille, je ne suis jamais sortie un jour de ma vie sans être coiffée et maquillée, même en 40, quand on avait froid et que je partais à l'aube, poussant une brouette en espérant trouver du charbon. » Dans sa cuisine on sent le beurre frais, la vanille et la terrine de lapin en gelée, sa grande spécialité. Chez elle, le tire-bouchon ne se mange pas, c'est un ustensile à tige torsadée destiné à ouvrir des bouteilles de vin rouge, dont, ma foi, elle apprécie les vertus toniques. Elle est heureuse, en tout cas j'en suis persuadée ; mon grand-père sera fou amoureux d'elle jusqu'à son dernier jour. Elle a une foi solide en la vie et en Dieu qu'elle visite régulièrement, chaque dimanche, avant de préparer le déjeuner dominical, gigot-flageolets/rosbif-haricots verts/rôti de veau-pommes de terre, des couplages alimentaires extraordinairement rassurants.

Tout ce qu'elle est, ce qu'elle respire, ce qu'elle incarne est l'exact opposé de ma grand-mère paternelle. Elles se croisent peu, se retrouvent parfois certains dimanches autour de la table de ma mère, ou bien exceptionnellement dans des réunions de famille « mixtes » : elles s'autocongratulent sur leurs petits-enfants, se taisent vite faute de langue commune pour entrer dans les détails. Mon père, qui redoute le jugement condescendant de sa belle-famille, surveille du coin de l'œil leur échange et intervient comme traducteur si besoin. En tant que membre du camp des bouclés, je suis solidaire de cette paranoïa. Je guette toute esquisse de sourire, tout regard échangé entre ma mère et son clan qui viendrait légitimer cette appréhension. Je souffre pour ma grand-mère de cette condescendance supposée ou réelle, je me poste au garde-à-vous près de son fauteuil. Je suis un bloc d'empathie.

Nani n'est pas le nom usuel équivalent de Mamie chez les Arméniens. À ma connaissance, elle est la seule à le porter.

Elle l'a choisi en s'inspirant du nom que porte la grand-mère de l'héroïne d'un opéra arménien qu'elle adore, *Anouch* (l'histoire d'une belle jeune fille dont le frère tue l'amoureux, et qui meurt de douleur et d'amour à la fin du cinquième acte).

Je me souviens d'avoir été, un dimanche après-midi, salle Gaveau, écouter cet opéra en famille. Un ennui sidéral pour la fillette que j'étais. La seule cantatrice que je connaissais était Bianca Castafiore, dont le buste était assez proche de celui de ma grand-mère. Celle qui se produisait sur scène faisait partie de la même catégorie. À la fin du spectacle, j'ai regardé bouche bée mon père lui baiser la main comme un duc anglais et lui adresser un regard de séducteur, tellement inattendu et choquant que j'ai vérifié, affolée, que ma mère ne s'en était pas rendu compte.

Ma grand-mère, elle, était au comble du bonheur et du pomponnage : poudre de riz

Convoi d'Amassia – Tecirhan
Août 1915

Aravni baisse la tête et fixe le bas de sa robe crasseuse. Elle entend les voix échauffées des hommes qui marchent vers leur charrette. Sa vie peut basculer dans les secondes qui viennent. Pour calmer son cœur affolé, elle se récite pour la millième fois les recommandations de sa marraine.

Tu ne les regardes jamais.

Tu prends un air abruti, tu dois ressembler à un animal.

Tu coupes tes cheveux et tes sourcils, tu te mets de la terre sur la figure.

Tu te griffes le visage, avec la vermine qui pullule dans le convoi, tes plaies vont s'infecter.

Si tu pisses sur toi, c'est mieux. Il faut que tu pues.

Arrête de pleurer, ça les excite.

Laisse-moi parler s'ils s'approchent de toi.

Depuis qu'elles n'ont plus d'argent pour soudoyer les gardes, elles sont beaucoup plus vulnérables.

Aravni observe discrètement le profil creusé par la fatigue de Méliné. Sa marraine est encore présentable, mais elle approche des quarante ans. Elle ne risque pas d'être vendue. Aravni a dix-sept ans. Elle sait qu'elle est en danger. Mais se pisser dessus, ça non alors, plutôt crever.

Les yeux toujours baissés, elle entend maintenant distinctement leurs voix. Ce sont des Tcherkesses. Elle voit juste le bas de leurs pantalons et leurs pieds noirs de poussière, mais elle reconnaît leurs tenues de nomades. Deux tchétés les accompagnent. Ils sont en grande discussion, ils marchandent. L'un des gardes montre Aravni du doigt :

— Je vous donne celle-là pour cinquante kurush.

Aravni tremble comme une feuille. Le plus gros des trois Tcherkesses, visiblement le chef, fait la moue.

— Tu nous prends pour des imbéciles. Nous nous sommes occupés des chevaux en échange de quoi on avait le droit de prendre l'argent et les affaires des Arméniens. Y a plus d'argent, vous les avez dépouillés depuis longtemps, et maintenant tu veux me voler en me vendant des filles avariées. Tu as vu sa tête ? Même les vautours n'en voudraient pas.

— Elle a la peau blanche, elle a des seins de femme, elle vaut largement, disons, trente kurush.

— Je la prends pour vingt, pas plus.

Il continue à inspecter le contenu de la charrette.

À l'arrière, à côté de Mariam qui dort profondément, deux sœurs aux boucles noires, au visage brûlé par le soleil, se tiennent serrées l'une contre l'autre. Elles doivent avoir une douzaine d'années. Aravni ne les connaît pas. Leur mère est morte d'épuisement hier après-midi, elles se sont réfugiées sur la charrette. Elles ne disent pas un mot, on ne connaît même pas leurs prénoms. Elles ont le teint buriné des campagnardes, mais de longs cils, des yeux noirs veloutés, de petites bouches charnues. Elles vont plaire.

Pendant que le chef continue à faire son marché, un des Tcherkesses, visiblement son fils, s'est appuyé contre la charrette et sort une gourde de sa poche. Aravni ne se souvient pas de la dernière fois qu'elle a bu. C'est plus fort qu'elle, elle fixe la gourde. Méliné la rappelle à l'ordre en lui enfonçant ses ongles dans la cuisse. Aravni reprend son profil bas. Méliné, en revanche, regarde l'homme droit dans les yeux.

— Ton père est en train de se faire avoir, effendi, articule-t-elle doucement en turc.

Elle l'appelle effendi pour le flatter, pense Aravni.

— Qu'est-ce que tu racontes, vieille pie d'infidèle ? Ferme-la sinon je t'expédie en enfer comme tous ceux de ta race. Mon père ne se fait jamais avoir.

— Ah, tu me rassures, effendi, ton père a l'air bien malin, effectivement !

Le Tcherkesse gratte sa moustache, intrigué par les propos de Méliné.

— Parle ou je t'enfonce mon poignard dans le ventre. Pourquoi mon père se ferait avoir ?

— Parce que cette fille est malade, explique-t-elle en désignant Aravni du regard. Ça fait une semaine qu'elle chie la mort. Dans deux jours maximum, Dieu l'aura rappelée à lui. Et nous avec, car son mal est contagieux. Et puis le Turc ne t'a pas dit qu'elle était mariée. Ce n'est pas une première fraîcheur comme les deux autres à l'arrière de la voiture.

Le Tcherkesse est soupçonneux.

— Et qu'est-ce qui me dit que tu ne mens pas ? Tu veux juste la sauver. Tu as l'air fourbe comme un scorpion.

— Effendi, quand on va mourir on se moque de mentir. Regarde cette fille, elle pue tellement que je serais contente que tu m'en débarrasses.

Aravni a le souffle coupé par tant d'audace. Le Tcherkesse s'approche d'elle. Ses petits yeux vifs s'attardent sur ses plaies, sur ses traits bouffis.

— C'est vrai qu'elle pue la mort. Même lavée, j'en voudrais pas.

Il hésite, puis se dirige, le pas lourd, vers l'arrière de la charrette pour retrouver son père. Aravni n'entend plus rien sauf son cœur qui cogne dans ses oreilles. Une odeur aigre et rance lui soulève le cœur. Elle réalise que c'est la sienne. Quelques secondes passent. Les Tcherkesses s'éloignent pour discuter.

— Trente kurush les trois, c'est mon dernier prix, reprend le gros.

Apparemment il n'a pas cru le baratin de Marraine sur ma maladie, pense Aravni. Ou alors il veut me revendre dans la journée à un autre Bédouin et il se moque bien que je sois malade.

Le Turc éclate de rire :

— Reprends ton aumône. Je les vendrai le double au prochain village kurde.

— Oui, mais elles seront peut-être mortes d'ici là.

Le Turc réfléchit. Ce n'est pas faux, elles tombent comme des mouches avec la chaleur. Depuis plusieurs jours, les maladies ont commencé leur travail dans le convoi. La dysenterie surtout.

Aravni retient son souffle. Les Tcherkesses font descendre les deux fillettes de l'arrière de la charrette. Le fils les tient solidement par les poignets. Soudain un grand murmure s'élève du convoi. C'est l'ordre du départ. Le chef des gardes aboie en direction de ses hommes. Le brouhaha augmente. Des cris fusent.

Profitant d'un moment de confusion, Méliné se saisit de la baguette de Moustafa et donne un grand coup sur l'échine efflanquée des bœufs. La charrette fait quelques mètres et se colle derrière une autre dans la file. Le Turc empoche rapidement son argent. Il ne faut pas que son chef le surprenne sinon il voudra lui confisquer la somme.

— Fichez-moi le camp, bande de rapaces.

— Mais on avait dit trois filles, proteste le Tcherkesse.

— Si tu discutes encore, je t'en reprends une.

Les Tcherkesses s'éloignent, entraînant avec eux les fillettes aux yeux doux qui n'ont toujours pas prononcé un mot. Au fond, ils ne sont pas mécontents du marchandage. Les petites sont jolies. Elles ont l'air dociles. Une fois converties, elles feront de bonnes musulmanes. La journée commence bien.

Aravni les regarde s'éloigner le cœur serré. Méliné se redresse, ramène ses mèches grises sous son foulard.

— Ne les plains pas. Demain elles seront leurs bonniches mais elles seront vivantes. Parfois je me demande pourquoi nous préférons ce convoi de la mort au mariage forcé. Notre orgueil sera notre tombeau.

Aravni lui saisit la main et la porte à ses lèvres.

— Merci, Marraine, tu m'as sauvée.

La cohorte en guenilles de femmes et d'enfants s'ébranle dans la chaleur déjà écrasante du matin. Ils sont chaque jour un peu moins nombreux. Les plus épuisés restent couchés sur le côté. Ils seront achevés à la baïonnette. Heureusement, elles ont encore la charrette, mais jusqu'à quand ?

Méliné se tourne vers Aravni et lui sourit tristement :

— J'ai promis à ta mère de veiller sur toi.

Aravni sent la fatigue lui briser les os. Sa tête tourne, sa vue se brouille. Père, Mère, Maral, Hagop... Surtout ne pas y penser. Ça ne sert à rien. Il faut tenir. Jusqu'à ce soir.

— Chaque jour de la vie qui me reste, je remercierai Dieu de t'avoir pour marraine.

Méliné hausse ses maigres épaules et rétorque froidement :

— Remercie-le plutôt de ne pas t'avoir faite belle.

LA JUPE

Ma grand-mère tricote et crochète. Des kilomètres de fils de laine en point endroit, point envers, torsades, fleurs et rosaces, des coussins, des napperons, des habillages de théières, de tables, de télévisions, d'enfants (nous !). La plupart de ces travaux manuels sont affreux. Au second degré, on pourrait les qualifier de kitsch. Mais l'humour n'a pas encore pénétré mon cerveau et j'ai honte pour elle de son goût poussiéreux, qui l'exclut du monde moderne.

Les fleurs au crochet poussent comme du chiendent et ont pris possession de son intérieur. Et hop, un coussin pour la chaise, et hop, un autre pour le fauteuil, et hop, un dessus-de-lit, et hop, un napperon sous la coupe à fruits.

Les vêtements qu'elle tricote pour ses petits-enfants arrivent en apothéose stylistique. J'ai droit à des spécimens rares, qu'elle m'offre, pas peu fière, sous les exclamations polies de ma mère : « Comme c'est gentil, quel travail ! Bravo, je suis incapable de faire une chose pareille ! Merci, Nani. »

J'entends ma grand-mère penser : « Bien sûr que tu es incapable de faire une chose pareille, ma pauvre chérie, je le sais bien, tes dix doigts te servent juste à tenir des livres et à corriger des copies, tss, tss. C'est très respectable, mais une vraie femme doit savoir faire autre chose. » Mais elle sourit et répond : « C'est chaud, bien pourrr hiverrr. J'ai mis doublurre en plus, pas grrratter. *Tir !* »

Le « *Tir !* » s'adresse à moi : en arménien, cela veut dire « mets-le », mais son sens français de la mise à mort cadre tout à fait avec la scène. Je m'exécute : j'enfile le chandail ou la veste, guettant l'expression maternelle pour savoir si le vêtement passe le barrage du possible ou s'il finira placardisé.

Ma mère me racontait, il y a peu, l'histoire d'un petit manteau en tricot rose vif dont elle m'avait habillée pour une visite chez Mamie. Lorsque nous sonnons à sa porte à Boulogne, ma grand-mère maternelle ouvre des yeux ronds et, mi-figue mi-raisin, s'exclame : « Je comprends qu'il faille faire des concessions à ta belle-mère, mais je te préviens, nous ne sortirons pas tant que Valérie portera ce manteau ridicule. » Je n'ai aucun souvenir de cette scène. Si elle ne m'a pas marquée, c'est certainement que le manteau me plaisait beaucoup plus qu'à ma mère. L'idée d'un vêtement rose à cinq ans est assez irrésistible, et je m'imagine le quitter à regret.

En revanche, je me souviens très bien d'une jupe en tricot caramel, aux torsades sophistiquées, qui va transformer mon année de sixième en cauchemar. Je la trouve grotesque, mais elle rejoint dans ma penderie mes deux ou trois jupes en lainage, mon kilt et mes pantalons en velours côtelé. À l'époque, les garde-robes des enfants sont constituées de façon raisonnable. Les vêtements doivent être pratiques et confortables. On les porte jusqu'à ce qu'ils soient trop courts ou abîmés. Le jean, qu'on appelle encore blue-jean, est ainsi considéré dans ma famille comme une fantaisie, voire un caprice ; je devrai batailler dur pour que ma mère consente à m'en acheter un à treize ans révolus, après que j'ai accepté, la mort dans l'âme, de garder le latin et le grec en classe de quatrième en plus de mes deux langues vivantes.

Au début, je pousse la jupe à l'extrémité de la tringle, hors de ma vue. Paria du placard, elle oscille sur son cintre, comme une pendue à sa corde, mais je m'en fiche. Pas question de l'enfiler. L'abnégation a ses limites. Je reste intransigeante pendant plusieurs semaines. Mais, petit à petit, mes forces faiblissent. Cette jupe est une tache de caramel sur ma conscience. Chaque fois que j'ouvre la penderie, elle me saute aux yeux comme un reproche vivant. Je pense au nombre d'heures de travail de ma grand-mère, je sais qu'elle guette chacune de mes apparitions en espérant secrètement que cette fois-ci j'étrenne sa jupe. Je pourrais tricher, la porter uniquement le dimanche (ce que je fais parfois). Mais cela ne suffit pas. Elle attend de moi une preuve d'amour : que je mette la jupe pour aller au lycée, que mes amies et, qui sait, mes professeurs, la remarquent, que je sois fière de porter ses couleurs, ses pelotes de tendresse qui me grattent malgré la doublure.

Un matin, je me décide. C'est une journée avec peu d'heures de cours et je commence par une séance de gym durant laquelle l'uniforme obligatoire est le short bleu marine. Toujours ça de moins à supporter la jupe. J'embrasse ma grand-mère avant de partir, ce que je fais rarement, mais puisque je me sacrifie, qu'au moins elle se réjouisse. Que mon immolation en place publique serve à quelque chose. Elle ne fait aucun commentaire et me glisse juste un biscuit dans la main. Je suis un peu piquée au vif, mais je commence à bien connaître les méandres de son esprit compliqué. M'exprimer sa gratitude pourrait sous-entendre que j'agis par pitié. Son orgueil démesuré en souffrirait trop.

J'entre dans la rame de métro, la jupe bien dissimulée sous les pans de mon manteau. Quelques minutes plus tard, la mort dans l'âme, je franchis le portail du lycée Lamartine. Tout s'y déroule selon le scénario imaginé : le pire.

Mes camarades de classe repèrent immédiatement l'objet de la honte. Elles s'agglutinent autour de moi, horde impitoyable de filles aux cheveux raides, en jean moulant et pull shetland, le code vestimentaire des adolescentes cette année-là. Elles s'esclaffent, me plaignent. Leur tribunal ricanant m'ensevelit sous les sarcasmes. Ma jupe est une grosse cloche marron rembourrée, avec des torsades tricotées en relief, la doublure dépasse d'un centimètre, j'ai l'air d'un tonneau de cidre. Intérieurement, je vis un martyre.

D'ailleurs, je suis une martyre. Je subis un calvaire à cause d'une grand-mère qui me culpabilise avec son air de chien battu. Je me couvre de ridicule. Tout ça parce qu'elle a beaucoup souffert et que je n'ose pas lui faire de la peine. Mais moi aussi, je souffre, moi aussi je suis persécutée. Regardez la meute des sadiques face à moi, elles aimeraient que je pleure. Mais je vais rester stoïque. Je suis arménienne, je suis issue de la même souche à malheurs que ma grand-mère et notre style, c'est de souffrir en silence. Chez nous, la joie est éphémère et le bonheur suspect. Rigolez, mes amies, ricanez, faites-vous les dents et les griffes. On a le cuir dur, on en a connu d'autres. On porte des jupes moches, on n'a pas de jean, on mange des tire-bouchons et il ne nous arrive que des choses dramatiques.

Je rase les murs du couloir, je tente d'échapper à mes bourreaux, je me précipite vers les vestiaires du gymnase. Mais elles s'accrochent à mes basques, pardon, à mes torsades, et continuent de me poursuivre en riant.

Brusquement, la meute à mes trousses se pétrifie sur place. Devant nous se tient une créature de rêve. Elle a une trentaine d'années, des cheveux blond vénitien qui encadrent un visage ravissant creusé par des fossettes. Ses petits seins ronds se dessinent sous sa veste molletonnée, un pantalon de sport moulant galbe ses fesses. C'est notre professeur de sport. Elle est belle, moderne, libérée. À ses côtés, tout le corps enseignant féminin du lycée a l'air revêche et prématurément vieilli. Elle est notre héroïne et nous sommes toutes amoureuses d'elle.

Elle fronce les sourcils. Le silence se fait immédiatement. Son autorité est aussi impressionnante que son sex-appeal. Je tente une retraite silencieuse, vers le mur du fond, loin de la bande de mes persécutrices. Et soudain j'entends sa voix qui s'élève au-dessus du brouhaha des sacs de sport qui s'ouvrent et des semelles qui claquent.

— Fais-moi voir ta jupe, s'il te plaît...

Non, mon Dieu, pas elle, pas ici, pas devant tout le monde. Ma gorge se noue, mes joues sont en feu, mon cœur bat à tout rompre. Je vois mes camarades prêtes pour la curée, savourant d'avance ma mise à mort par la plus haute instance du bon goût. Je vais déchoir définitivement et c'est elle, mon idole, mon modèle, qui va me porter l'estocade finale.

Je m'approche en lui adressant un sourire misérable, un sourire de faible : si elle est bonne, elle va comprendre, elle va avoir pitié. Moi aussi je n'aime que les jeans et les pulls shetland, c'est un malentendu, un de plus.

Elle fourrage dans son panier en osier, en sort une paire de lunettes qu'elle fixe au bout de son petit nez. Elle se penche vers la jupe, la saisit et scrute le dessin des torsades.

— Mais qui t'a tricoté cela ?

Je souffle dans un murmure :

— Ma grand-mère...

Je suis à deux doigts d'ajouter : « Ce n'est pas de sa faute, elle a beaucoup souffert. »

Mais je n'ai pas le temps. Elle se redresse, une moue admirative sur le visage.

— C'est absolument incroyable. Jamais vu un travail pareil. Tu as de la chance d'avoir une grand-mère qui sait aussi bien tricoter.

Elle ajoute avec un sourire malicieux qui creuse sa fossette :

— Moi aussi, je tricote, tu sais. Mais bon, à côté de ta grand-mère, je n'ai vraiment pas le niveau...

Je suis sans voix. Éperdue de bonheur et de reconnaissance. Ma vilaine jupe d'enfant martyre s'est transformée en robe de princesse. Je suis tout en grâce et en lumière. Le monde est merveilleux, l'Arménie est son paradis joyeux, peuplé de petites grands-mères dodues aux aiguilles cliquetant d'allégresse. Les filles en jean, confuses et contrites, m'escortent et portent ma traîne torsadée, le front courbé. Je leur pardonne, magnanime. Nous, le clan du tricot surdoué, nous avons le triomphe modeste. Notre art mystérieux est réservé à quelques-uns sur terre, et je comprends que cela fasse de la peine à toutes ces filles aux cheveux raides. Leurs grands-mères sont juste bonnes à acheter des jeans et des pulls shetland.

Je me pavane jusque dans le wagon du métro de retour. J'ai roulé en boule mon manteau idiot même pas tricoté, je le mettrai un autre jour. Je m'installe en majesté sur la banquette : tout le monde doit voir ma jupe. Dans la poche du manteau, une bosse m'intrigue. C'est le biscuit donné par ma grand-mère ce matin. L'intérieur de la poche n'est plus qu'une tache de graisse. Le gâteau est en mille morceaux. J'en prends une miette et la laisse fondre sous mon palais comme une hostie.

Ma grand-mère est bénie entre toutes les femmes et je suis le fruit de ses entrailles. Merci mon Dieu de m'avoir fait naître dans une maison avec autant de napperons crochetés, de triples rosaces ajourées à laine mouchetée pour cache-théière et dessus de télé, de jupes et de vestes qui grattent, et de coussins bariolés pour poser nos augustes séants de gens exceptionnels.

Convoi d'Amassia – Sari Kichla
Août 1915

La clairière surgit brusquement au détour de la route. Comme une surprise que la montagne aurait réservée au promeneur fatigué, un gîte creusé dans ses flancs rocailleux. Une simple clairière pas plus grande qu'un champ, à la terre sèche, entourée de buissons. Les bergers et leurs moutons y faisaient sûrement halte sur le chemin de la transhumance au printemps. Mais l'étrange troupeau qui défile maintenant et traverse la clairière pour continuer sa route dans les sentiers de montagne poussiéreux est une cohorte disloquée de femmes et d'enfants, ivres de chaleur et de fatigue. Comme le reste des déportés, Aravni, Méliné et la petite Mariam ont dû abandonner leur charrette à bœufs à la sortie de Sari Kichla. Des dizaines de charrettes, que chaque famille avait payées le prix fort aux miliciens de l'Organisation spéciale au départ d'Amassia, sont reparties en sens inverse, après avoir déchargé leur cargaison humaine au bord de la montagne. Les sentiers escarpés sont trop étroits. Désormais le chemin s'effectuera à pied. Aravni a serré Moustafa dans ses bras. Il est reparti le cœur lourd.

Voilà trois jours qu'ils ont commencé l'ascension, toujours encadrés par les soldats. Après des semaines de privation alimentaire, ces marches forcées sous la chaleur caniculaire sont une façon d'achever rapidement un grand nombre d'entre eux. Les plus faibles se laissent tomber sur le bord de la route. Celles qui ont des enfants trop petits pour marcher les portent dans leurs bras ou sur leur dos. Titubantes de fatigue, elles les voient s'éteindre lentement. Quand il en meurt un, on attend la halte du soir pour lui faire une sépulture de fortune entre deux pierres et quelques branchages. Dans cette zone montagneuse, la terre et la pierre ne font plus qu'un, on ne peut pas creuser de tombe.

À l'entrée de la clairière, quelques arbres font ce qu'ils peuvent pour tempérer la violence des rayons du soleil. Leurs branches convergent pour former une voûte ombragée, où la température est plus supportable. Non loin des arbres, quelque part dans la roche, un filet d'eau, inattendu en ce mois d'août, a trouvé une faille et s'écoule au ras du sol.

C'est ce petit ruisseau qui a dû donner l'idée aux mères. Un ridicule petit cours d'eau, même pas bon à faire boire les bêtes, juste de quoi transformer la terre en boue et attirer des légions de moustiques. Mais l'eau, pour une colonne de déportés, c'est la vie. La denrée la plus rare, la plus convoitée, la plus chère, aussi, puisque les Tcherkesses sur le chemin leur vendent le verre d'eau jusqu'à cinq kurush.

Peut-être que la première femme qui a aperçu la clairière et le point d'eau s'est approchée avec son tout-petit, dans un ultime réflexe de survie, pour recueillir du liquide trouble dans ses mains et le faire glisser dans la bouche de l'enfant. Peut-être que l'idée lui est venue à ce moment-là. Elle n'avait plus de lait à son sein, plus rien à manger, et monter dans la montagne pendant des jours avec un petit agonisant dans les bras était impossible. Quitte à l'abandonner, autant le faire près d'un point d'eau, parce qu'on imagine naïvement que ses chances de survie seront meilleures. Il y a des villageois dans la montagne. Peut-être qu'ils auront le cœur serré en découvrant son bébé. Peut-être qu'ils l'emmèneront, lui donneront du lait de chèvre et l'habilleront. L'hiver est rude par ici, mais dans l'étable on a chaud. Le petit se refera des forces. Elle a dû prier Dieu pour qu'il sauve son enfant ou qu'il lui apporte une mort douce. Elle s'est redressée, le laissant à terre près du filet d'eau. À cet instant, elle a tourné la tête et a vu d'autres mères à ses côtés faire les mêmes gestes, réciter les mêmes prières muettes et déposer leur enfant au sol. Puis d'autres encore. Une procession de femmes déposant leur offrande à la terre.

Le spectacle s'étend sous les yeux horrifiés d'Aravni. Un champ entier de bébés. Des dizaines de bébés. Des dizaines et des dizaines de tout-petits. Des enfants d'un an, deux ans. Certains, debout, sucent leurs doigts boueux en pleurant. D'autres tentent de se mouvoir à quatre pattes ou en rampant. Quelques-uns sont agglutinés, comme une portée de chiots endormis. Beaucoup, hélas, sont déjà immobiles. Définitivement silencieux.

Aravni pousse un long cri d'épouvante. D'autres femmes tombent en arrêt, comme elle, à la vue de ce champ de bébés attendant sagement la mort. Certaines approchent avec le leur. Et le ballet macabre se poursuit. Les mères cherchent un endroit, au plus près du ruisseau, pour y déposer leur fardeau. Aravni tente de leur barrer le chemin, en proie à la fièvre, courant de l'une à l'autre, les suppliant d'arrêter : « Vous ne pouvez pas faire ça. C'est horrible. Quelles mères êtes-vous ? Quelle mère peut abandonner ses petits ? Même les animaux n'abandonnent pas leurs petits. »

À deux pas d'elle, indifférente à ses cris, une femme s'est accroupie. Son enfant doit avoir un peu plus d'un an. Il repose, immobile, dans ses bras. Elle l'allonge délicatement au sol et se met à chanter une berceuse à mi-voix, pour rassurer le petit corps assoupi. Qu'il ne se réveille pas. S'il pouvait partir comme ça, tout doucement, en s'endormant, ce serait une jolie mort. Une mort sereine. Et la berceuse enveloppe l'enfant comme un linceul. Une berceuse de rien, qui dit : « Endors-toi, mon tout-petit, endors-toi doucement, la lune veille et éclaire ton berceau. » Une prière pour que son âme trouve le chemin du ciel. Et quand la berceuse est finie, la femme se relève et regagne la cohorte des vivants. Chacune la regarde en silence, hantée à jamais par la démence de son geste.

Aravni a repris sa marche, les larmes coulent sur ses joues jusqu'à ce que la poussière et la sécheresse de la route les tarissent complètement.

Les soldats leur ordonnent de faire halte à la tombée du jour, plus haut dans la montagne. Les femmes s'installent comme elles peuvent, sur le sol, contre les rochers. Les enfants s'endorment, pressés contre leur mère, le ventre vide.

C'est Méliné la première qui les entend. Elle pâlit, prend la main d'Aravni et la broie presque dans la sienne. Aravni se redresse, inquiète, cherchant la menace autour d'elle. Des soldats excités, des Tcherkesses, des Kurdes ? Mais rien ne bouge aux alentours. Puis soudain elle comprend. Elle aussi les entend. Des cris de chiens, des hurlements de bêtes affamées dont l'écho résonne dans la montagne. Et, au milieu, d'autres cris. Plus aigus. Comme des glapissements. Ou des miaulements de chatons. Des cris effrayants. Des cris humains. Des cris de bébés.

HUGO

Le respect des études et un confinement strict à l'intérieur de la maison sont les deux mamelles de mon éducation sous haute surveillance. L'ennui fait de moi une proie rêvée pour la lecture.

À six ans, je tombe en amour pour la comtesse de Ségur. Son univers corseté, peuplé de petites filles modèles, de bons petits diables et d'ânes martyrisés, le tout saupoudré de punitions sadiques, m'enchante au plus haut point. Camille et Madeleine sont les divas de ma Bibliothèque rose. Leurs prénoms sont croustillants et fondants comme des gaufres chaudes. Leur vie qui se déroule sur fond de Jardin des Tuileries, de cerceaux, de robes à volants et de chapeaux à rubans est une extase. Je comprends moins cette obsession des anglaises, chauffées au fer à friser par le coiffeur venu à domicile exercer ses talents sur toutes les femmes de la maisonnée. Cet amour de la boucle, étonnante faute de goût, me déçoit, mais je le mets sur le compte d'un ancien temps où les critères de beauté étaient moins aboutis et où les femmes tentaient des expériences grotesques par coquetterie. Je guette les tours pendables de l'insupportable Sophie (dont les bêtises sont au diapason des miennes) et je suis solidaire des remontrances, des soufflets et des coups de fouet qu'elle reçoit.

Je grandis.

Je lis beaucoup, très vite et tout ce qui me tombe sous la main. La lecture ne comble pas ma solitude, elle me bouleverse. J'accède à l'immense famille humaine. Je suis aux premières loges du théâtre de la vie, peuplé de figures grandioses, mesquines, drôles, haïssables. Je découvre, soulagée, que nous partageons tous les mêmes défauts inavouables et honteux. Je ne suis plus la seule à être envieuse, menteuse, jalouse, hypocrite, chapardeuse. Nous sommes une armée !

Mon amour de la lecture me vaut le respect des deux camps et l'approbation sans limite de ma mère qui ne s'immisce pas dans mes choix mais suggère de nouvelles pistes. Amoureuse du XVIIᵉ siècle, elle a cependant la sagesse de m'initier d'abord au XIXᵉ. Le siècle de la passion et du tragique. J'y suis comme un poisson dans l'eau. Il réconcilie l'excellence de la langue française (ma mère) et le souffle épique des destins malheureux (ma grand-mère).

Au sommet de cet art, le maître incontesté du genre, Victor Hugo, et son chef-d'œuvre, *Les Misérables*, qui devient le livre de ma vie. J'ai dû dévorer une centaine de fois la version simplifiée qui paraît dans la Bibliothèque verte en deux tomes. Je connais par cœur le dialogue de la rencontre entre Cosette et Jean

Valjean, lorsqu'il soulève son seau. Fantine, qui vend ses dents, ses cheveux, puis tout son corps pour payer les Thénardier, le saint évêque de Digne, qui donne ses chandeliers en argent au forçat devant les gendarmes stupéfaits, Gavroche, qui tombe par terre, c'est la faute à Voltaire, Valjean, qui s'évade du bagne de Toulon à la nage jusqu'au cap Brun, Fauchelevent, ressuscité d'entre les morts et de dessous sa charrette par la force herculéenne de M. Madeleine : je les aime tous passionnément.

Le tragique est beau, le malheur est noble. Un souffle romanesque gonfle mon cœur. Je suis envoûtée. Ces héros en guenilles, ces damnés de la vie, assommés par l'Histoire, l'injustice et la misère sont de la même cohorte que celle qui me précède. Hugo m'ouvre les yeux, le cœur, l'imagination. Il ennoblit les silences de ma grand-mère et transforme cette grosse bonne femme en pantoufles, penchée sur ses aiguilles à tricoter, en fascinante héroïne de roman. Je n'ai plus besoin de ses mots pour entrer dans son histoire, Hugo me prête les siens. Tout ce qu'elle se refuse encore à me dire, j'en ressens l'émotion intime avant que d'en avoir le récit. Je n'ai pas encore les paroles, mais j'ai la musique.

Pour un peu, ma grand-mère serait belle et le mutisme qui allonge son visage devient bouleversant. « Cosette était laide. Heureuse, elle eût peut-être été jolie. » Hugo m'apprend le beau sous le laid.

Désormais, mon univers sera scindé en deux. Le monde réel, celui des conventions et des faux-semblants. Et le monde des livres, qui recèle la vérité des êtres. Hugo n'a pas fini de bouleverser ma vie.

Quelques années plus tard, en cours de français, nous étudions ses poèmes. Ce jour-là, le professeur nous lit *L'Enfant*, qui commence par cet alexandrin : « Les Turcs ont passé là. Tout est ruine et deuil. »

Mon cœur fait un bond dans ma poitrine. Hugo, mon Hugo, le père de Fantine et Cosette, mon maître vénéré, voilà qu'il parle de nous, de moi, de notre histoire, des Turcs qui ont passé là et qui ont tout foutu en l'air, tout cassé, tout détruit.

Par sa bouche d'or, devant le parterre silencieux de mes camarades de classe, sous la diction parfaite du professeur qui se met au service du poète, les coupables sont désignés et leur barbarie mise à nu. Peu importe qu'il s'agisse des Grecs et d'un épisode qui se situe bien avant le génocide des Arméniens. Hugo accole l'horreur et les Turcs, il légitime mes terreurs d'enfant où les Turcs se situent quelque part entre les ogres et les monstres, mais en bien pire, car aucun héros ne les transperce d'un glaive vengeur, ils gagnent toujours à la fin et tout le monde s'en fout.

Je rentre chez moi et me précipite dans la cuisine de ma grand-mère.

— Nani !

Mon ton est triomphal. J'ai une information de premier ordre, qui, j'en suis sûre, va la bouleverser.

— Quoi, mon agneau ?

Je cherche mes mots, maudis ma paresse qui m'empêche encore de maîtriser cette langue, même si je progresse doucement. Je bredouille.

— Écoute : Hugo c'est un grand poète, un poète français, tu comprends, le plus grand, il a parlé de...

Elle m'interrompt, vexée :

— Je connais bien Hugo. Qu'est-ce que tu crois ?

Je la regarde, incrédule. Comment peut-elle connaître Hugo alors qu'elle ne connaît pas vingt phrases de français ? Elle lit dans mes pensées et poursuit :

— Je l'ai lu en arménien. C'est un grand homme.

Je suis une imbécile. Sous prétexte qu'elle ne parle pas français, je fais de ma grand-mère une ignorante. Dans mon esprit étroit, elle se résume à un être folklorique, à la culture forcément primaire. Les livres, la poésie, les arts, le bon goût sont l'apanage, que dis-je, la quintessence de la France, donc de ma mère. Mais ma grand-mère a été instruite dans un milieu aisé, les Arméniens sont un peuple lettré, ils ont traduit Hugo, et sûrement bien d'autres. Ces ouvrages ont dû être imprimés, mis en vente dans leurs librairies à Constantinople et ailleurs. Peut-être le lisait-elle chez ses parents, lorsqu'elle avait mon âge...

Ma condescendance, mes préjugés viennent d'éclater au grand jour. Pour me faire pardonner et célébrer ce nouveau pont entre nous, j'en rajoute dans l'excitation.

— Tu le connais bien, c'est vrai ? Tu l'aimes ?

Elle prend son air maussade :

— Tout le monde le connaît et tout le monde l'aime.

Elle est blessée. Son regard fuit le mien. Sa petite-fille la considère comme une pauvre vieille tout juste bonne à faire la cuisine. Qui ne connaît pas Hugo. Qui n'a jamais lu un livre. Mais qu'est-ce qu'elle croit ? Que nous sommes des ânes, des illettrés, des frustes ?

Elle se saisit ostensiblement de son journal, *Haratch*, un quotidien en langue arménienne publié en France depuis 1925 et dont elle lira religieusement chaque exemplaire jusqu'à la fin de sa vie. Elle l'ouvre grand devant elle, pour me signifier la fin de la discussion. Elle boude.

ment repartent vers le sud et les cimetières de Deir Zor soient de moins en moins nombreux. La dysenterie, le typhus, la malaria et la famine sont les agents actifs de l'extermination.

Le médecin de la municipalité est passé ce matin avec des femmes d'une organisation caritative suisse pour distribuer des pains. Ils ont essayé d'obtenir l'autorisation de soigner les malades et d'apporter des médicaments, mais ils n'ont pas eu gain de cause. Le chef du camp a répondu que les réfugiés allaient repartir sous peu pour leur lieu de résidence définitif et que là-bas on les soignerait.

Chez les Arméniens, tout le monde commence à comprendre ce que sont ces « lieux de résidence » des déserts mésopotamien ou syrien : des mouroirs. Une femme leur a raconté hier soir qu'elle a vendu sa fille : « Ils viennent à la tombée de la nuit à l'orée du camp. Des Turcs, des Arabes, des Juifs. Bien habillés, des gens comme il faut. Ils proposent de prendre les enfants contre de l'argent. Ils choisissent ceux qui sont encore en état. Ma petite, elle était si mignonne. J'en ai deux autres : le grand, la maladie lui est tombée dessus. Et le troisième, je prie pour qu'il n'attrape pas la maladie de son frère. Ici, quand on a des pièces, on peut avoir à boire et à manger. J'ai donné ma petite, Dieu me pardonne. À la femme arabe. Elle était gentille, elle m'a dit qu'elle n'avait pas d'enfant et que si Dieu lui permettait d'en adopter un, elle le chérirait avec gratitude comme sa chair et son sang. »

Aravni a écouté son récit en silence. La femme avait très peu de chances de survivre avec un enfant déjà infecté du typhus. Peut-être deux. Objectivement, la petite a été sauvée. Mais Aravni a beau se raisonner, elle n'arrive pas à accepter ces abandons. La fillette sera convertie. Elle oubliera sa première mère.

Elle s'en est ouverte à Méliné, qui lui a rétorqué, irritée, que si Dieu ne pardonne pas à une femme qui vend son enfant pour le sauver de la mort, alors Dieu ne mérite pas qu'on le prie et qu'il vaut mieux arrêter avec ces foutaises.

— Et si les enfants sont convertis, la belle affaire. Après tout, le Dieu des chrétiens est bien celui des juifs et des musulmans. Dieu t'a fait un cadeau immense, Aravni, c'est de ne pas encore avoir d'enfant. Tu n'as pas eu à choisir entre le donner ou risquer de le voir crever dans tes bras. Alors arrête de juger. Tu n'as pas plus de cœur que nos bourreaux si tu parles comme ça.

Aravni s'est emportée :

— Mais alors, il faut tout accepter ? Tous ces Turcs qui nous violent, qui nous épousent de force, qui nous convertissent, qui font de nous leurs bonniches ! Et il faudra porter leurs bâtards, les enfants de ces tueurs, de ceux qui ont exterminé Maral, Père, Mère, Hagop, Kévork et tous les autres !

Elle était hors d'elle. Méliné l'a regardée avec tristesse.

— Ne te fâche pas, ma colombe. Ma haine est aussi forte que la tienne. Ne juge pas ces femmes, c'est tout.

Aravni détourne les yeux. Elle ne supporte plus le spectacle des mourants autour d'eux.

— Et si ce Tospat a été déporté ?

— Les Arméniens d'Alep ne sont pas déportés. Les Turcs déportent les populations des vilayets arméniens. Alep est une ville arabe.

Aravni s'attarde sur le petit lac à l'extrémité du camp : des barques de pêcheurs tanguent doucement dans le calme de la fin de journée. Elle se demande si elles pourront approcher pour recueillir de l'eau. Il y a quelques jours, à la halte du soir, les soldats avaient attaché leurs chevaux à l'écart de leur groupe. À côté des montures, il y avait une petite mare. Elles avaient couru vers le point d'eau, de toute la force de leurs jambes, espérant arriver à temps pour étancher leur soif avant que les soldats ne s'en mêlent. Aravni était dans les premières avec Mariam. Elle s'était jetée à plat ventre, plongeant sa tête dans le liquide, avant de reculer, horrifiée, en crachant. C'était de l'urine. Une énorme flaque d'urine de cheval.

Méliné poursuit, concentrée :

— Voilà mon plan. Nous allons fuir cette nuit et regagner à pied la ligne de chemin de fer. Nous nous mêlerons aux réfugiés qui sont dans les trains.

Aravni la coupe :

— Les réfugiés montent dans les trains seulement s'ils payent. Nous n'avons plus d'argent.

Il y a trois jours, lorsque le convoi est arrivé non loin de Suruç, les soldats ont proposé aux réfugiés qui le voulaient de gagner la ligne de chemin de fer et de continuer en train. Mais il fallait payer. Aux soldats tout de suite. Et à la gare ensuite. Très peu ont pu suivre.

— Je sais, ma colombe. C'est un pari. Si nous trompons la vigilance des gardiens et que nous arrivons demain à la gare d'Arab Punar, nous aviserons. Peut-être que nous pourrons nous faufiler, ou trouver de l'aide ?

— Tu as raison. Tout vaut mieux que de rester ici. Mais comment partir ? Il y a des soldats partout.

— Ici, pour passer inaperçu, il suffit d'être mort. Il faut qu'on ait l'air de cadavres. Il y a un charnier à l'entrée du camp où on dépose les morts avant de les brûler. On va s'y glisser, faire les mortes et attendre la nuit.

Aravni regarde sa marraine, incrédule.

— Tu n'y penses pas ? Se mêler au charnier, c'est le plus sûr moyen d'attraper les maladies des morts.

— J'y ai pensé. On va se protéger avec une deuxième couche de vêtements dont on se débarrassera ensuite.

Elle hésite :

— Nous allons prendre les chemises des femmes mortes ce matin. Là où elles sont, elles ne nous en voudront pas... Nous allons bien nous envelopper la tête, les mains et tout le corps. Quand le camp sera complètement endormi, tu iras traîner l'une des femmes au charnier. Si tu croises les soldats, ils ne diront rien. Pour eux, c'est un corps de moins qu'ils auront à déblayer. Ensuite, tu te caches dans le tas jusqu'à ce que j'arrive. Séparées, nous avons plus de chances. Et puis nous ramperons dehors.

— Et Mariam ?

— Elle fera semblant d'être morte et je la porterai jusqu'au charnier.

La nuit commence à tomber sur le camp. Aravni approche du charnier. La puanteur qui s'en échappe lui donne un haut-le-cœur. Elle s'immobilise, resserre le foulard autour de son visage, se saisit de nouveau du corps de la femme qu'elle tire par les aisselles.

Le charnier a été vidé récemment. Il n'y a qu'une dizaine de corps. C'est mieux pour les odeurs et les germes des maladies. C'est moins bien pour se camoufler.

Aravni dépose le corps le plus près possible de la sortie. Elle s'agenouille et, après avoir jeté un regard furtif aux alentours, rampe sous le corps de la femme et s'en sert comme d'une couverture. Elle ne bouge plus.

Au bout d'une heure, Méliné la rejoint, Mariam immobile dans ses bras. Pas difficile de lui faire jouer la morte, se dit Aravni. Mariam vit comme une somnambule. Elle ne quitte jamais la jupe de Méliné, ne parle pas, et si on ne la forçait pas à manger le peu dont on dispose, elle ne penserait même pas à s'alimenter. Sa maigreur accentue encore l'immensité de ses yeux bruns. Plus tard, elle sera jolie… Aravni pense à toute la somme d'incertitudes que recèle cette phrase.

Méliné glisse Mariam entre elles deux puis se serre contre Aravni. Petit à petit, les sons en provenance du camp faiblissent. Quand l'obscurité semble suffisante, Méliné, Aravni et Mariam se dégagent et rampent vers la sortie. Le sol est mou, un peu boueux par endroits, mais la progression paraît plus facile à Aravni qu'elle ne l'a redouté. Il faut parfois tirer Mariam, mais elle est docile et légère comme une plume. En bordure du camp, il y a un bosquet d'arbres. C'est leur but. Lorsqu'elles l'atteignent, les deux femmes se redressent en se collant aux troncs.

Aravni ne peut s'empêcher de sourire. Méliné est emmaillotée dans des successions de chemises, collées par la boue, le visage entièrement masqué. On ne distingue même pas ses yeux. Une limace noire et gluante. Elles se débarrassent de leur première couche de vêtements, puis se dirigent rapidement vers la ligne de chemin de fer. La gare n'est pas loin, à peine deux kilomètres, mais il est hors de question de progresser à découvert le long des rails. Trop dangereux. Des patrouilles pourraient les voir. Elles restent à l'écart, marchant courbées, cherchant les arbres et les buissons pour protéger leur fuite et souffler. Leur corps a perdu toute énergie depuis longtemps. Chaque pas est une montagne à soulever.

Quand elles arrivent en vue de la gare, elles décident de rester à l'écart et d'attendre l'aube. Il y a plusieurs trains, composés de wagons à bestiaux stationnés sur une voie de garage, gardés par des soldats. Les trains de réfugiés. Il faut trouver un moyen de les rejoindre avant qu'ils repartent vers le sud.

Aravni est plutôt fière de ce qu'elles considèrent comme leur exploit. Elle embrasse la petite main de Mariam et lui dit :

— Regarde, ma chérie. Nous allons prendre le train et bientôt tu pourras rejoindre ta famille. Ton oncle, le frère de ta chère maman.

Mariam examine la gare attentivement, comme si la silhouette de son oncle allait surgir, tel le farfadet des contes qui guide les voyageurs perdus dans les forêts.

Au petit matin, Méliné et Aravni s'approchent du bâtiment. Une certaine agitation commence à animer les lieux, exactement ce qu'avait escompté Méliné. Beaucoup d'Arméniens attendent aux abords de la gare de pouvoir monter à bord des trains bloqués sur les rails. On compte aussi de nombreux convois de soldats de la Troisième et de la Quatrième armée qui exigent de ne jamais côtoyer les réfugiés tant le commandement général redoute les épidémies de dysenterie et de typhus qui déciment les convois et risquent de provoquer une hécatombe parmi les troupes. Les employés de la ligne de chemin de fer, qu'on reconnaît à leur casquette à visière et leur veste à boutons de métal, essayent de donner un semblant d'ordre à cette pagaille.

Aravni et Méliné tentent une percée vers le quai, espérant sans trop d'illusions qu'on ne les remarquera pas. À peine ont-elles fait quelques pas qu'un soldat se campe devant elles.

— D'où venez-vous ? Qu'est-ce que vous cherchez ?

Aravni bafouille :

— Nous allons à Alep. Par le train.

Le garde tient une matraque à bout métallique. Pour faire avancer le troupeau plus vite.
Ces Arméniens sont exaspérants de lenteur.

— Où sont vos billets ?

Aravni se tourne vers sa tante en priant
pour qu'elle ait une idée lumineuse qui les sor-
tira de là. Mais même Méliné semble manquer
de ressources.

— Nous les avons achetés, effendi, je vous
assure ! On nous les a pris...

— Les déportés qui ont payé attendent de
l'autre côté. Vous n'avez pas de billets.

Aravni sent la panique la gagner. Au mieux,
elles vont repartir au camp de transit. Plus
probable, elles vont être punies. On abat les
gens pour moins que ça dans les convois.

Un homme de la compagnie ferroviaire s'est
approché. Il porte la main à sa visière, comme
pour faire un salut militaire au soldat, et dit
en désignant Aravni, Méliné et Mariam du
menton :

— J'ai leurs billets, effendi, c'est payé.

Aravni, intriguée, voit l'homme présenter les
titres de transport. Elle distingue aussi quelques
pièces qui passent de la main de l'employé du
train à celle du soldat.

— Regagnez la colonne, aboie-t-il en leur
montrant la file qui se dirige vers un des
wagons à bestiaux.

Puis il s'éloigne, la matraque en alerte, prêt
à en découdre avec d'autres resquilleurs.

Méliné prend la parole en turc :

— Dieu vous bénisse, vous êtes un homme
bon. Nous sommes...

L'homme lui coupe la parole en arménien.

— Je paye des billets à tous les Arméniens qui tentent de prendre le train. Les Turcs le savent mais ils ne disent rien. Je les arrose et je leur sers le café. Ne traînez pas trop. Ils pourraient changer d'avis, même si vous avez un billet. Ce qui se passe dans les camps est horrible. Ils veulent notre mort pure et simple. Surtout, ne partez pas pour Deir Zor. Essayez à tout prix de fuir les convois et de vous cacher dans Alep.

Aravni se demande pourquoi cet Arménien n'a pas été déporté. Il lit dans ses pensées :

— Les employés du Bagdadbahn sont presque tous arméniens. La direction du chemin de fer à Berlin a demandé aux Turcs que notre déportation soit suspendue en attendant que de nouveaux employés turcs soient formés. Ils ont besoin de nous. L'armée se déplace en train. Tant que la guerre dure, nous sommes un peu protégés. Après...

Méliné et Aravni s'approchent pour lui serrer chaleureusement la main. Il fait un pas en arrière avec un petit sourire gêné, les salue et s'éloigne rapidement.

— Tu as vu ? s'énerve Aravni. Il ne voulait pas nous serrer la main. Nous puons tellement que ça le dégoûte. Il est bien au chaud dans sa gare, protégé, il se lave tous les jours et nous...

— Il a bien raison, la coupe Méliné en entraînant Mariam avec elle. À quoi bon serrer des mains et attraper les maladies des convois ? À quoi sert cet homme s'il meurt du typhus ? À rien. Vivant, il peut tout.

Se tournant vers Aravni, elle lance, exaspérée :

— Et arrête d'être susceptible ! Tu n'es pas la reine d'Angleterre !

blason personnel, puisqu'elle s'appelle Françoise. J'ai toujours pensé que tous ces critères réunis ont fait de ma mère un objet de convoitise absolu pour mon père. L'épouser, pour lui, le métèque aux cheveux crépus, c'était plus qu'épouser une beauté froide hitchcockienne, un fantasme de cinéma : c'était épouser la France, sa culture, son rayonnement, sa gloire. Une femme idéale, une Française idéale, une Françoise.

Les Arméniens sont à 99 % de rite grégorien apostolique (un schisme des églises d'Orient du IVe siècle), mais mon père, à l'aube de ses vingt ans, embrasse avec ferveur la religion catholique dans son expression française la plus conservatrice. Il vénère la tradition en général et les chaussures anglaises en particulier, il est passionné de politique et de guerre froide, il lit les Mémoires de Churchill (idole numéro un) et *L'Archipel du goulag* de Soljenitsyne (idole numéro deux). Il est le parfait exemple du désir d'intégration de cette deuxième génération d'Arméniens, nés de parents réfugiés et qui veulent faire leur chemin dans une France de l'après-guerre pleine de possibles. Le passé lui pèse, l'amour tyrannique et exclusif de sa mère aussi. Il se tourne avec gourmandise vers son pays d'accueil.

La France des Lumières et des Grands Hommes est la patrie des esprits brillants, du bordeaux millésimé et des blondes aux yeux bleus, c'est définitivement le plus bel endroit sur terre pour grandir, s'instruire et se reproduire. Et tant pis si sa mère boude son mariage « contre culture », ce coup de poignard à ses origines qu'elle me résumera un jour, le cœur lourd, par la phrase suivante : « Ton père nous avait déjà déçus en devenant catholique. Mais jamais j'aurais pensé qu'il me trahirait comme ça en épousant une Française. Tss, tss… »

Adieu Orient, Turquie, Arménie, fez ottomans, sabres massacreurs, survivants prostrés dans le souvenir… La blonde qui marche au bras de mon père lui ouvre les portes d'un monde idéal, où la croissance et l'optimisme sont au rendez-vous. Il ne veut pas louper le train.

Il ne se débarrassera pas si facilement du fardeau encombrant du passé, qui entrave sa marche conquérante. Ses multiples virages professionnels, son enthousiasme à se lancer dans des projets pharaoniques aboutissant rarement sont caractéristiques de cette ambition contrariée qui se traduit sur les fiches de renseignements scolaires par une « profession du père » assez fluctuante, que je prends bien soin de faire préciser par ma mère à chaque rentrée.

On pourrait qualifier mon père de velléitaire. Mais mon père est un géant chaleureux et autoritaire, à l'abdomen proéminent, dont la voix tonne lorsqu'il est en colère. Je n'arrive pas à en faire un personnage faible et indécis.

Tourmenté, oui. Quand ses rêves se brisent sur le réel. Quand ma mère lui reproche par son silence glaçant ses coûteuses toquades, sans aucun lien avec ses revenus réels, rejointe par ma grand-mère qui s'insurge elle aussi des caprices automobiles de son fils. « Mettre tout son argent dans une Jaguar ? Mais tu as mangé ta tête avec ton pain ! Pauvre fou ! »

Orgueilleux, terriblement. Comme sa mère. Comme de près ou de loin tous ceux que j'ai croisés dans ma vie et qui avaient une goutte de sang arménien, moi la première.

Désorienté, oui. L'Orient, chez lui, est en perte de vitesse. Son arménité va attendre l'approche de la cinquantaine pour resurgir avec force.

Jusque-là, mon père a plutôt brillé par son amour sans limite pour l'Angleterre, sa reine, son protocole, sa suprématie de grande puissance, son courage pendant la Seconde Guerre mondiale et le génie de ses tailleurs. Cette fascination, combinée à ses rêves de grandeur, va jusqu'à lui souffler l'idée d'un principe d'éducation directement emprunté à l'étiquette aristocratique. Pendant quelque temps, ma sœur et moi sommes formées à la révérence et au baisemain, habitude peut-être en usage dans certains milieux français élitistes, mais qui confine à l'absurde vu notre pedigree familial. Cela durera le temps que ma mère y mette bon ordre, plus consciente que lui du ridicule de la situation, même si, sur le fond, elle ne juge pas cette initiative si grave : elle a fort à faire avec les originalités de mon père, et celle-ci n'est pas la pire.

Je ne me souviens pas de ces révérences comme d'une épreuve. Je me souviens que j'étais parfaitement consciente de l'incongruité de l'exercice, cause de fous rires nerveux au moment de la mini-génuflexion. En revanche, que mon père se prenne pour le roi du monde possédait un avantage indéniable. Je devenais la fille du roi, donc une princesse, et cela donnait subitement corps à mes fantasmes de petite fille. Jouer à la princesse faisait partie des moments les plus passionnants de ma vie, surtout lorsque ma mère sortait d'une malle du grenier les jupons qui me servaient de déguisements le jeudi après-midi.

Juponnée de dentelle et de ruban de satin mauve, dans cette chambre de bonne du sixième étage donnant sur les toits, comme une princesse recluse en haut d'un donjon, je ne rêvais pas de prince charmant, mais d'un pouvoir de droit divin qui me dispenserait de toutes les corvées de la maison, obligerait mon frère et ma sœur à m'obéir et forcerait mon père à accepter enfin que j'aille chez mes copines après l'école.

BAGDADBAHN – ALEP
Septembre 1915

Aravni se demande pourquoi la femme est floue. Elle a l'air très belle, la taille prise dans une robe corsetée aux manches bouffantes, elle se penche par la fenêtre du wagon en souriant, puis elle disparaît. La voilà qui réapparaît. Toujours aussi floue, pourtant elle n'est pas loin, quelques mètres à peine. Si les gendarmes me laissaient sortir, je pourrais m'approcher, traverser les quais, la féliciter pour sa belle tenue, tellement blanche qu'elle en est aveuglante. Et cette jolie ombrelle qu'elle tient serrée sous son coude comme si elle allait descendre du train et faire quelques pas à l'extérieur. Quelle idée absurde ! Elle va abîmer sa peau, transpirer. Il fait bien trop chaud. Même avec une ombrelle. Maral en avait une comme ça, une adorable ombrelle avec un manche en ivoire sculpté en forme d'oiseau que Père lui avait rapportée d'Istanbul.

Elle ferme les yeux et sent un engourdissement s'emparer de tous ses membres. Sa tête chavire, elle la pose contre la paroi du wagon. Elle a l'impression de flotter au-dessus de son corps. La chaleur étouffante est comme une masse qui lui comprime la poitrine. L'odeur d'urine et d'excréments est infecte. Mais on s'habitue. On s'habitue à tout. À la vermine qui ronge la peau sur les os et qui saute de corps en corps. Même à la faim. Les premières semaines sont atroces, mais, après, le corps se résigne. Aravni n'a plus peur de la faim, elle a peur des hallucinations. Marraine lui a dit que la faim et la soif rendent fous. Dans le wagon, par exemple, Setrak est fou. Il divague, parle seul, éclate de rire, puis brusquement baisse son pantalon, ce qui est fort gênant. Si bien qu'on l'a mis au fond. Il n'en a plus pour long-temps. Elle le voit à sa couleur. Tant mieux, il va retrouver la paix. Le plus pénible, ce sont les gémissements des enfants. La femme à côté d'elle, comment s'appelle-t-elle, déjà ? a un bébé qui ne va pas fort. Il a le teint gris, presque bleu. Elle n'a plus de lait. Elle a décidé de le donner. Voilà trois jours qu'ils sont par-qués dans cette gare de triage près d'Alep. Des convois de bestiaux d'Arméniens, à la queue leu leu, bons pour l'abattoir, attendent que la ligne ferroviaire se dégage, que les autorités donnent des instructions pour qu'on les ache-mine vers les camps de concentration du désert de Syrie, où ils crèveront tous sous la brûlure du soleil.

Impossible de s'échapper des trains et de tenter de gagner la ville. Toute la route jusqu'au centre d'Alep grouille de soldats. Méliné et Aravni sont désespérées. La situa-tion semble sans issue.

La gare d'Alep accueille aussi les trains de passagers de la ligne régulière du Bagdadbahn. Des trains magnifiques, pense Aravni, fabriqués par les Allemands pour leurs alliés turcs. Lorsqu'ils passent lentement devant les trains de marchandises des déportés, on a le temps de les admirer. Parfois la difficulté du trafic les oblige à stopper. Une heure, deux heures. C'est là que la femme au bébé, comment s'appelle-t-elle, mon Dieu, Astrig, Anouch ? c'est là qu'elle a eu l'idée de confier son bébé à un des passagers. C'est un projet fou, condamné d'avance. Il faut à la fois attirer leur attention et déjouer la vigilance des gardes. Méliné a essayé de lui expliquer à plusieurs reprises que son entreprise était déraisonnable, mais la femme est obstinée. Dès qu'un nouveau train s'arrête, elle crie en direction des wagons, tout en tendant à bout de bras le pauvre petit corps qui gigote faiblement, comme un pantin désarticulé. Par quelle grâce ou pour quel dessein Dieu a-t-il gardé ce bébé en vie ? Aravni ne comprend pas. Mais plus les jours passent, plus elle prend en pitié les femmes qui donnent leurs enfants.

La jolie femme à la fenêtre du wagon a baissé la vitre. Elle n'a pas de chapeau. Elle ne tient plus son ombrelle. Les mains en visière pour se protéger de la clarté aveuglante, elle s'est immobilisée. Elle baisse lentement les bras et de nouveau son visage apparaît. Elle est blême. On dirait qu'elle va faire un malaise. Elle porte sa main à la bouche. Brusquement, Aravni comprend que

c'est eux, le spectacle qui la glace d'effroi.
La porte de leur wagon est grande ouverte. La
femme a une vue imprenable sur Aravni et
tous les corps décharnés de ses compagnons
de voyage qui s'entassent à ses côtés dans la
voiture à bestiaux.

La femme au bébé s'agite. Allons bon, elle
va recommencer, pense Aravni. Elle penche
son corps le plus en avant possible à l'extérieur
du train et tend le bébé devant elle en hurlant :
« Prenez mon bébé, prenez mon bébé. Par
pitié, prenez mon bébé ! » Elle crie. Aravni a
peur que les gardes rappliquent et la corrigent.
Ils l'ont déjà fait hier.

La jolie femme à la fenêtre du train a l'air
bouleversée. Elle se tourne, elle parle à
quelqu'un. Un homme en costume noir lui
entoure les épaules d'un geste protecteur, il
tente de l'écarter de la vitre et de la ramener
doucement à l'intérieur du wagon.

La femme à l'enfant, Astrig, oui, c'est ça,
Astrig, scrute la scène de l'autre côté du quai.
La jolie femme parle à l'homme en costume
en faisant de grands gestes. Elle montre du
doigt leur wagon, le bébé. Astrig se met à
trembler : cette fois, Dieu l'a entendue, cette
femme va prendre son enfant. Et tout d'un
coup, prise d'une inspiration, elle se penche le
plus bas possible et le dépose à terre, sur
le quai.

Deux gardes turcs approchent. Le fusil en
bandoulière sur leur uniforme graisseux et
décousu. Ils n'ont pas fière allure, pense Aravni.
Ils reprennent du poil de la bête juste pour nous
tabasser.

— Ramassez ça, hurle un des gardes en désignant le bébé.

— Attention, sergent, la femme américaine dans le train là-bas va prendre le bébé. Regardez, elle va descendre du train.

C'est Méliné. Toujours là pour essayer de calmer les soldats et protéger ses compagnons, pense Aravni. Pourquoi dit-elle que c'est une Américaine ? Elle doit savoir. Elle sait toujours tout.

Sourde aux menaces des soldats, Astrig s'est remise à faire de grands signes en direction du train. Aravni s'arrache à sa torpeur, se redresse et se met, elle aussi, à agiter les mains tout en montrant le bébé.

L'un des soldats ricane en percutant du bout de sa botte le corps du petit être recroquevillé sur le quai.

— T'as vu ce chiard, mais il est mort, pauvre folle. Personne n'en veut, de ton rejeton.

Comme pour faire mentir le soldat, le bébé se met à geindre. Il n'est pas mort. Pas encore.

— Regardez, sergent, il n'est pas mort, ayez pitié d'un bébé, Allah récompense les miséricordieux, continue à parlementer Méliné.

— Tu ne prononces pas le nom de mon Dieu, chienne infidèle.

Un long coup de sifflet vient brusquement déchirer l'air. Affolée, Astrig comprend que le train en face se prépare au départ. Dans l'encadrement de la fenêtre, la jolie femme à la robe corsetée est toujours en discussion avec l'homme au costume sombre. Au coup de sifflet, elle se retourne, inquiète. Elle découvre le bébé étendu sur le quai et les deux gardes penchés sur lui. Elle interpelle l'homme qui l'entraîne plus fermement à l'intérieur du wagon. Elle a disparu.

Aravni voit le corps d'Astrig se recroqueviller de tristesse contre le sien. C'est fini. Le train va partir. Le cœur déchiré, les trois femmes regardent le bébé laissé à terre. Il va falloir le reprendre. Astrig s'arc-boute en avant mais n'arrive pas à se saisir de l'enfant. Il faudrait sortir du wagon. C'est interdit. Elle passe ses jambes à l'extérieur. Elle va reprendre son enfant. Tant pis s'ils les tuent.

Le soldat pointe sa baïonnette sur sa poitrine.

— Tu remontes ou on t'achève, l'Arménienne. Fallait pas balancer ton mouflet par-dessus bord. Jamais vu ça, ma parole, larguer son gosse comme une vieille chaussure aux ordures. Trop tard. Tu ne sors pas du wagon.

Le deuxième garde ne bronche pas. Il n'a pas bougé ni dit un mot depuis le début de la scène. Il est très jeune. Il a l'air partagé entre son devoir de soldat, les consignes strictes qu'il a reçues d'être intraitable avec les déportés, et sa pitié qui lui dicte de rendre cet enfant à sa mère.

Méliné a senti la faille. Elle s'adresse à lui tout doucement :

— Soldat, je vois bien que vous êtes un fonctionnaire scrupuleux. Mais vous êtes un brave homme. Tuer un bébé, ça porte malheur. Est-ce que ça ne risque pas d'assécher le ventre de votre femme ?

— Tais-toi, vieille bique. Tu veux attirer le mauvais œil sur nous...

102

Les paroles de Méliné l'ont quand même ébranlé. Il hésite. Que faire avec ce bébé ? Le rendre ou le laisser mourir là ? Que va dire le chef s'il arrive ?

Des bruits de pas rapides et sonores se font entendre sur le quai. Des bruits de bottes. Aravni a le cœur qui s'affole. Ce sont des pas d'officiers. Ils ont dû voir la scène. Ça va mal se passer. Les gradés sont toujours les plus féroces. Les pas se rapprochent et soudain le petit groupe est devant eux : la jolie femme à la robe corsetée, l'homme au costume sombre, le chef de gare avec son uniforme et sa casquette du Bagdadbahn et l'officier turc, l'air irrité de celui qu'on dérange pour une broutille, mais impressionné malgré lui par l'élégance du couple d'étrangers.

De près, elle est encore plus belle, pense Aravni en dévisageant la voyageuse. Ses yeux clairs, ses cheveux sagement lissés en bandeaux, son corsage au jabot blanc, sa robe grise et vert céladon. C'est une apparition irréelle et Aravni a la gorge serrée. Nous ressemblons à des animaux, se dit-elle. Elle a honte de sa crasse repoussante et des poux qui sautent sur son crâne.

La femme s'adresse en anglais à l'homme au costume sombre, qui lui-même parlemente en turc avec l'officier. Astrig tente de comprendre ce que se disent les deux hommes, mais ils parlent trop bas.

Inquiets de l'arrivée de leur chef, les deux soldats ont fait un pas en arrière et ne bougent plus. Le bébé est au milieu de la scène, petit tas de chiffons dont les membres recommencent à s'agiter. Il pousse des cris. Il se joue quelque chose au-dessus de sa tête et il l'a compris. Il montre qu'il est vivant, pense Aravni, bouleversée. Il se bat.

Astrig serre tellement fort le bras d'Aravni qu'elle manque pousser un cri. L'homme au costume sombre prend l'officier par le coude et fait quelques pas avec lui. Les trois femmes ont le souffle suspendu. Il discute et sort discrètement un portefeuille de sa poche. Il compte les billets. Un grand nombre de billets. Il les donne à l'officier qui les fait prestement disparaître dans la poche de son pantalon.

— Dieu soit loué, murmure Méliné, exprimant à voix haute l'avis général. C'était la seule chose à faire pour que le bébé ait une chance de survivre.

L'officier s'approche de la porte du wagon ouverte. La jolie femme le suit. Elle fixe Astrig, qui la fixe pareillement. On dirait que les deux femmes veulent se boire mutuellement les traits pour que le visage de l'une s'inscrive dans la mémoire de l'autre à tout jamais.

— Ces Américains veulent recueillir ton enfant. Ils pensent que tu souhaites leur confier car tu es dans la détresse. J'ai dit qu'il ne fallait pas dramatiser. Vous êtes en déplacement vers vos nouveaux lieux de vie. Le voyage est un peu pénible, mais que voulez-vous, c'est la guerre, ajoute-t-il en direction du couple en écartant les bras en signe d'impuissance. Notre gouvernement est très sensible à la question des réfugiés…

Tu parles, pense Aravni, révoltée. Espèce de monstre.

104

— Mais ces gens insistent... Ils voudraient savoir si tu es d'accord pour donner ton enfant, conclut l'officier, pressé d'en finir.

Astrig a du mal à parler. Sa parole va sceller l'abandon définitif de son bébé. Sa raison le veut, mais son cœur n'y consent pas encore. Elle agite faiblement la tête. La réponse n'a pas l'air concluante. Ça agace l'officier, qui hausse la voix.

— Parle plus fort, on ne t'entend pas.

L'homme au costume sombre s'approche à son tour et, dans un turc assez élémentaire et teinté d'un fort accent anglais, demande à Astrig :

— Madame, nous voulons prendre cet enfant, le nourrir et le soigner. Êtes-vous d'accord ?

Cette fois, Astrig élève la voix.

— Dieu vous bénisse, vous et votre merveilleuse femme. Que le feu brûle toujours dans votre foyer. Je vous confie mon fils. Prenez-le. Dieu vous récompensera pour vos bienfaits.

Elle parle vite, sans jamais cesser de fixer l'Américaine.

— Ça va, ça va... coupe l'officier qui s'impatiente.

Un troisième coup de sifflet strident fait sursauter Aravni. Cette fois, c'est le chef de gare qui s'inquiète.

— Pardonnez-moi, effendi, mais le train doit partir. Nous sommes déjà terriblement en retard.

— Je crois que plus rien ne vous retient, répond l'officier avec un sourire engageant.

La jolie femme s'est penchée en avant et a délicatement saisi le bébé. Elle se redresse, le serre doucement contre elle, effrayée par sa maigreur, redoutant de lui faire mal. Aravni ne peut s'empêcher de sourire. Tu peux y aller, celui-là il est costaud, il s'est bien battu, il va vivre. Il va vivre pour ses deux mères. Il sait au plus profond de sa chair ce qu'il doit à chacune.

— Il s'appelle Adom, murmure Astrig en direction de l'homme.

— Adom ? Ce sera Tom ! Tom Jackson. Vous vous souviendrez ? Tom Jackson, de Philadelphie.

Astrig détourne la tête et se recroqueville à l'intérieur du wagon. Elle ne veut plus les voir. Son fils accroché à ses bras l'accrochait à la vie. Désormais, elle respire à vide.

LE MANTEAU DE FOURRURE

Ma sœur est née. Ma grand-mère est grand-mère.

Dieu l'a exaucée : elle voulait une petite-fille, elle a eu une petite-fille. Elle aurait voulu qu'on l'appelle Maral, comme sa petite sœur disparue pendant les massacres, et dont elle parle pour la première fois à ma mère à la faveur d'une discussion sur les prénoms de l'enfant à naître. Ma mère, fort avisée, a jugé plus prudent de surseoir. Et mon père n'a pas insisté. Il était tellement stupéfait de ne pas avoir de garçon que pendant quelques jours il n'a pas su comment être le père de ce bébé fille.

Ma sœur est l'enfant du rapprochement. Sa naissance met fin à la période glaciaire entretenue par ma grand-mère. Ce bébé la bouleverse. C'était l'effet escompté par mon père, qui veut ramener sa génitrice à des dispositions plus chaleureuses. Ma mère espère s'attirer enfin les faveurs de sa belle-mère, même si ça commence mal : l'allaitement est une souffrance, elle arrête au bout de quelques jours et ma grand-mère regarde, défaite, les biberons envahir l'appartement, elle qui a allaité son fils jusqu'à deux ans ! Mais elle ne dit rien, car d'autres enjeux plus importants se dessinent pour la maîtrise de l'ascendance culturelle du bébé. Il faut pousser ses pions et gagner des batailles. D'autant que son fils habite dans le même immeuble que les parents de sa femme à Boulogne : autour de l'enfant, deux grands-parents et cinq oncles et tantes en admiration et en gazouillis perpétuels plongent le bébé dans un bain de langage exclusivement français. Ma grand-mère lance une contre-offensive linguistique qui commence par les prénoms. Mon père et elle m'appellent Astrig et jamais Valérie, de même qu'ils appelleront mon frère Armen et jamais Alexandre. Durant toute notre enfance, l'apprentissage de l'arménien est un enjeu de notre éducation.

À l'aube de mes six ans, mon père découvre, inquiet, que je perfectionne mon serbo-croate au contact de la femme de ménage yougoslave qui vient me chercher à l'école. Il sera décidé que mon frère et moi suivrons chaque jeudi après-midi les cours d'arménien de la Maison de la culture de la rue Bleue. Ma grand-mère nous y accompagne, fière de sa mission ; elle retrouve sur place quelques amies à grosse poitrine et cheveux frisés ; elles papotent et boivent du café pendant que nous épelons notre alphabet : A *amb*, B *banir*, C *çalor*... (nuage, fromage, prune). La contrepartie intéressante à ces cours ennuyeux et inefficaces est le goûter qui nous attend dès que nous franchissons la porte cochère en direction du métro par la rue de Trévise : pain au lait ramolli avec tablette de chocolat Milka.

Ma mère jongle entre son travail et ses enfants : elle passe son Capes, elle est envoyée pour ses premières années de professorat en banlieue. Ma grand-mère est partagée entre le regret de ne pas avoir une bru exclusivement dévouée à l'élevage des enfants et le bénéfice qu'elle en retire. Elle est à disposition pour nous garder et met en branle son vaste chantier d'identification culturelle par la nourriture, dont elle a une maîtrise redoutable. Elle se rapproche de ma mère.

Un jour que j'évoque avec elle sa vie d'avant, à Amassia, elle entame une description idyllique du quotidien.

— Les pêches, tu aurais vu ces pêches, ma chérie, pas des pêches comme ici, des pêches énormes, juteuses, sucrées. Et les abricots, frais et fondants. Et les cerises ! Et les pommes ! Ma marraine avait sa maison en face de la nôtre et au milieu nous avions le verger, le potager. On organisait les récoltes, la mise en conserve, la production des confitures, on recevait les couturières pour nos gardes-robes. Les hommes s'occupaient de l'approvisionnement, des courses. Jamais les femmes. Nous étions les reines du monde, ma chérie, les reines du monde...

Dans le paradis du temps d'avant, les femmes ne travaillent pas. Elles font tourner les maisons, élèvent les enfants, se reçoivent entre elles, sont éduquées et charitables envers les plus souffrants.

À la naissance de ma sœur, ma grand-mère, dans un geste que chaque camp apprécia à sa juste mesure, offrit à ma mère son propre manteau de fourrure.

— Pourr vous, Frrançoise. Travailler, c'est malheurrr pour femmes.

Le manteau était un dédommagement. Ma grand-mère déplorait que ma mère fût obligée de travailler, parce que son fils n'avait pas les moyens de lui assurer une vie rêvée de mère au foyer.

Que le travail fût pour ma mère, au-delà d'une source de revenus, une source d'enrichissement, importait peu. Ma grand-mère avait la conviction que cumuler travail et enfants était une malédiction dans la vie des femmes.

Lorsqu'elle apprit que ma mère était enceinte pour la troisième fois, elle se tourna, furieuse, vers mon père :

— Mais tu ne peux pas faire attention ? Il faut arrêter maintenant !

Mon père et ma mère en restèrent bouche bée.

GARE D'ALEP
Septembre 1915

Un après-midi, après plusieurs jours d'immobilité, le train se met en branle, provoquant l'affolement dans le wagon. Mais, au bout de quelques instants, il s'arrête de nouveau : il s'est positionné sur les rails de la ligne régulière, attendant un ordre de départ.

La gare grouille de monde : des soldats, des employés de la ligne de chemin de fer, des voyageurs et des badauds. Beaucoup de badauds. Des habitants d'Alep qui tentent, malgré l'interdiction, d'approcher les réfugiés, de leur faire parvenir un peu d'eau ou des vivres. Des gamins partout, des portefaix, des vendeurs d'eau.

Comptant sur le brouhaha général pour ne pas se faire remarquer, Méliné crie :

— Y a-t-il un Arménien ? Y a-t-il un Arménien parmi vous ?

— Attends ce soir, ils viennent le soir. C'est plus facile pour approcher les trains, lui répond un jeune garçon.

— Ce soir, nous serons peut-être parties ou mortes. Toi, tu es arménien, tu vas nous aider.

— J'ai pas d'argent, j'ai rien.

Il s'éloigne. Il ne veut pas d'ennuis avec les soldats. Il gagne sa vie en portant des ballots.

— De l'argent, tu en auras si tu nous aides, reprend Méliné suffisamment fort pour qu'il l'entende.

Le gamin revient sur ses pas.

— Tu vas aller trouver un Arménien d'Alep qui s'appelle Tospat, poursuit Méliné en parlant vite. Tout le monde le connaît en ville. Tu lui dis que sa nièce, Mariam, la fille de son frère qui habite Amassia, est ici dans ce wagon avec des amies. Il faut qu'il se dépêche de venir la chercher. Notre train va partir sous peu. Sa nièce est la seule survivante de la famille, il faut qu'il la recueille.

Cette fois, il n'hésite plus. Il adresse un signe de la main à Méliné et file en courant. Aravni sent son cœur s'emballer, mais elle se tait. Elle n'ose pas y croire. Par superstition, elle n'ose même pas regarder sa marraine. Et si ça marchait ? S'il arrivait à temps ? S'il les emmenait avec Mariam ? Si, si, si...

Elle se tourne vers la petite fille et découvre, interdite, qu'elle a le visage baigné de larmes.

— Je veux rester ici. Je ne veux pas aller à Alep. Je veux retrouver maman. Je veux rester avec vous.

Aravni la prend dans ses bras.

— Écoute, Mariam, ta maman est au ciel maintenant. Et tu sais que tout là-haut, elle veille sur toi. Aujourd'hui, c'est elle notre bonne fée. Elle va nous envoyer cet homme, ton oncle, qui va s'occuper de toi. Et ta maman au ciel sera tellement contente de voir que tu as trouvé une nouvelle maison et des gens qui vont t'aimer...

— Est-ce que Méliné va venir avec moi ? demande Mariam en reniflant.

— Peut-être, ma chérie... Et moi, tu veux que je vienne aussi ? ajoute Aravni en souriant.

— Non, pas toi, je veux juste Méliné.

Aravni et Méliné échangent un regard et brusquement, c'est plus fort qu'elles, elles éclatent de rire. Deux folles en guenilles, mangées par la vermine, qui rient dans un convoi de morts-vivants, voilà de quoi nous avons l'air, pense Aravni. Elle rit à s'en faire pleurer. D'émotion, de tension. D'espoir. Cela fait des mois qu'elle n'a pas ri. Et ce rire lui fait un bien fou. Tant pis si Tospat ne vient pas. Nous irons à Deir Zor après avoir bien ri.

*

* *

Aravni s'est figée dans l'embrasure de la porte. Elle regarde le sol, rutilant de propreté, la baignoire dans laquelle la servante arabe déverse des brocs d'eau chaude. Il y a des blocs de savon brun sur une étagère. Le fameux savon d'Alep. La mère d'Aravni en stockait des dizaines dans ses placards à Amassia. Il y a des serviettes posées sur un banc. Il y a un miroir. Et dans le miroir, une femme au visage jaune, plein de croûtes, dont les cheveux emmêlés grouillent de poux. Une femme laide.

Aravni se force à regarder son image. Elle n'a pas peur. Elle a honte. Honte devant la domestique qui a relevé son foulard sur son nez tellement son odeur l'incommode. Honte devant Araxie, précieuse et raffinée Araxie, la femme de Tospat, qui les a accueillies il y a quelques minutes dans le patio de la maison, un ravissant patio dont la fontaine jaillit d'un mur de mosaïques, dans l'ombre odorante des orangers.

Aravni vivait depuis trois mois avec Méliné dans une carapace d'acier. Elles s'interdisaient d'évoquer le passé, de s'apitoyer sur leur sort. Chaque matin où elles se réveillaient vivantes était un miracle. La haine, la peur et la méfiance les avaient corsetées de dur. Parfois, Aravni se faisait l'impression d'être devenue un monstre froid. Lorsqu'elle voyait un corps tomber, elle pensait, ce n'est pas moi, ni Méliné, ni Mariam. Ils n'ont pas eu notre peau. Pas encore. En entendant le clapotis de la fontaine, des larmes désordonnées lui sont montées aux yeux. Des larmes d'antan. Des larmes du monde des vivants. Et cette digue qui a cédé à l'intérieur l'a effrayée.

Ce qui la faisait souffrir à ce moment précis n'était plus la faim ni la soif, c'était son apparence. Elle souffrait d'avoir l'air d'une gueuse devant cette femme élégante. Elle aurait voulu lui raconter qu'avant tout ça elle vivait dans un monde merveilleux elle aussi, avec une belle maison, pas aussi belle que celle-ci, bien sûr, mais grande et bien tenue. Qu'elle était bien habillée, elle aussi, si vous aviez vu la robe de mon mariage, en faille de soie blanche, et son voile brodé de centaines de minuscules boutons de fleurs, et les festivités qui ont duré huit jours, et Père aux anges et Mère si distinguée, vous vous seriez bien entendues, j'en suis sûre. Nous étions une famille connue et respectable, vous savez, et Maral, la jolie Maral, avec ses beaux cheveux blonds qui lui descendaient jusqu'aux fesses, que mère lui coiffait chaque soir avec une brosse aspergée d'eau de fleurs d'oranger... Mais elle a juste murmuré, la voix écrasée par l'émotion :

— Merci, madame. Je ne pourrai jamais assez vous exprimer notre gratitude. Votre époux nous a sauvées de la mort. Pardon d'être si sales, si misérables...

Araxie a répondu qu'ils seraient, eux, bien misérables s'ils n'avaient pas tout fait pour les sauver, et que c'était elle qui les remerciait d'avoir si bien veillé sur Mariam. Il fallait maintenant qu'elles mangent, mais attention, pas trop et pas trop vite. Demain, leur médecin viendrait. Parfois, les déportés tombaient malades après avoir été sauvés. Il y a les maladies des convois et il y a les maladies d'après.

Ce n'est pas la première fois que Hovhannès Tospat et sa femme recueillent des déportés. Avec les frères Mazloumian, de l'hôtel Baron, ils ont mis au point tout un réseau d'entraide et se battent pour sauver les orphelins et pour que les missions étrangères et leurs organisations caritatives puissent avoir accès aux réfugiés. Ils ont d'excellentes relations avec toute l'administration turque de la ville, grâce auxquelles ils arrivent à obtenir des passe-droits.

Méliné a vu juste. Lorsque le gamin porteur du message s'est présenté chez les Tospat, l'oncle de Mariam a immédiatement fait atteler une voiture pour se précipiter à la gare. Mais, même avec des relations, les choses ne sont pas si simples. Hovhannès Tospat a fait un détour par l'hôtel Baron à l'extrémité de la ville. Le vali Abdulhalik et l'État-major de la Quatrième armée y sont installés depuis quelques jours. L'hôtel Baron n'est pas seulement le plus bel hôtel d'Alep. C'est le plus bel hôtel du Moyen-Orient, avec son hall de marbre blanc, ses hauts plafonds, ses chambres avec salles de bains et eau courante. Les diplomates étrangers s'y pressent et tous les membres du Haut Commandement de l'armée turque exigent d'y résider quand ils sont de passage. Onnig et Armènag Mazloumian les accueillent somptueusement. En échange, les officiels turcs tolèrent les agissements des deux frères en faveur des réfugiés. Ou plutôt feignent de ne pas les remarquer. C'est un spectacle irréel de les voir assis au salon dans leurs fauteuils en bois sculpté, discutant des moyens d'accélérer la déportation, tandis qu'au premier étage, juste au-dessus de leurs bourreaux, des dizaines de rescapés sont soignés et nourris dans des chambres, en toute illégalité.

Lorsqu'il est arrivé à la gare d'Alep, Tospat a immédiatement avisé l'officier responsable qu'il possédait un laissez-passer spécial pour sa nièce et ses compagnons de route d'Amassia. Le jeune portefaix lui a montré le wagon. Tospat s'est approché rapidement. Il ne faut jamais perdre de temps. C'est la clé de ces tractations délicates.

Aravni ne l'imaginait pas comme ça. Tospat est un homme de taille moyenne, habillé à l'occidentale. Il porte un costume sombre, avec gilet et cravate. Il est jeune. Une trentaine d'années. Les cheveux soignés, une moustache peignée, le regard vif. À peine a-t-il repéré Aravni, Méliné et Mariam qu'il les a désignées du doigt à l'officier.

— Je les emmène tout de suite.

L'officier a vérifié le laissez-passer. Tospat a dû le monnayer cher auprès du vali.

— Excusez-moi, effendi, mais vous m'avez dit votre nièce, c'est ça ?

Tospat a compris que l'officier allait tout faire pour profiter de la situation.

— Ma nièce et ceux qui voyagent avec elle.

— Mais justement, effendi, ce n'est pas précisé, qui voyage avec elle.

— Tout le wagon voyage avec elle.

Puisqu'il veut de l'argent, autant essayer de sauver un maximum d'Arméniens, a pensé Tospat.

L'officier a haussé les sourcils.

— Ce n'est pas possible, j'ai des ordres et on ne fait pas débarquer un wagon entier comme ça.

— Vous avez vu mon document signé du vali, commandant. Je comprends que c'est beaucoup de dérangement pour vous, je vais vous dédommager.

Et, joignant le geste à la parole, il a sorti son portefeuille.

— Voilà cinquante livres turques pour vous.

Aravni et Méliné, tendues par l'angoisse, ont suivi la scène sans parler, tenant chacune

Mariam par une main, prêtes à sauter sur le quai au premier signe. Cinquante livres, c'est une somme colossale.

Tospat a crié en direction du wagon, comme si l'affaire était conclue :

— Descendez tous rapidement. Nous partons.

Il a regardé l'officier et lui a asséné son coup de grâce :

— Je vais me rendre auprès du vali pour lui demander des instructions pour ces réfugiés. Merci pour votre coopération, officier. Je vous rajoute cinquante livres pour vos hommes. Cette guerre est difficile pour tout le monde. Je sais que les soldats ne sont pas toujours à la fête.

Aravni est restée ébahie. Presque autant que l'officier. Il a rougi, a salué Tospat et s'est hâté d'empocher son deuxième paquet de billets. Méliné était déjà descendue sur le quai, Mariam dans les bras. Elle faisait de grands gestes aux occupants du wagon pour qu'ils se hâtent.

Tospat a agi vite. Il avait peur du grain de sable qui peut tout enrayer. Le portefaix, lui aussi généreusement récompensé, a été chargé de trouver des voitures pour emmener les Arméniens du wagon à l'hôtel Baron. Tospat a fait monter Mariam, Aravni et Méliné dans son cabriolet. Quand la voiture a quitté l'enceinte de la gare, il s'est enfin décrispé. Observant Mariam, il cherchait dans ses traits le souvenir de ceux qui l'avaient précédée et n'étaient plus là.

— Tu as été une petite fille courageuse. Ta maman et ton papa seraient fiers de toi. Et tu as eu deux bonnes fées qui ont veillé sur toi, a-t-il déclaré en souriant à Méliné et Aravni. Ce soir, je vais te présenter tes petits-cousins. Aram est encore un bébé, mais Dikran a quatre ans, presque ton âge, vous allez devenir très amis.

Mariam n'a rien dit. Elle le dévisageait, méfiante. Aravni, coincée à l'extrémité de la banquette, voyait des puces et des poux s'en donner à cœur joie sur le crâne de la fillette. Cette danse permanente de la vermine, à laquelle elle assistait depuis des semaines dans une indifférence totale, lui a subitement semblé repoussante. Elle a eu honte d'elles. Elle s'est tournée vers Tospat. Il semblait ne rien avoir remarqué. Ses yeux brillaient d'une émotion qu'il n'arrivait plus à contenir. Il songeait qu'il venait en quelques minutes de perdre un frère et une belle-sœur et de gagner une fille.

Aravni s'approche du miroir et examine le combat que la vie et la mort ont livré sur son corps maigre. Des pustules, des bleus, des cicatrices, des plaques rouges et suintantes causées par les morsures des parasites. Elle sent le regard de la servante posé sur elle. Elle est mal à l'aise. Elle se débarrasse des vêtements raides de crasse qui ne l'ont pas quittée depuis trois mois. Elle finit par sa chemise.

Quelque chose s'en échappe et tombe au sol. Un rectangle de papier jauni par la transpiration. Le diplôme de Hagop. Son diplôme de fin d'études de l'Institut séricole de Brousse, à en-tête officiel du gouvernement de la Dette ottomane.

La servante a déjà poussé du pied toutes les frusques d'Aravni dans un drap. La vermine incrustée dans les fibres du tissu lui soulève le cœur. Elle est pressée d'en finir et d'emporter ce tas d'immondices à brûler. Elle se penche pour saisir le papier. Aravni se précipite et hurle : « Non ! » Elle prend délicatement le diplôme, le dépose sur l'étagère à côté des savons, se glisse silencieusement dans l'eau claire du bain qui se brouille de noir.

Au moment où elle enfonce sa tête sous l'eau, elle réalise que c'est tout ce qui lui reste de sa vie d'avant. L'absurde diplôme d'un mari disparu, signé d'une administration qui n'existe plus.

FERS À CHEVAL

Passé sa période française puis anglaise, mon père se concentre de nouveau sur ses origines arméniennes. Nous baignons depuis des années dans le liquide amniotique maternel, à peine infusé de-ci de-là par la cuisine de notre grand-mère, il s'agit de corser notre approche benoîte du monde et de nous instruire sur la tragédie dont nos grands-parents sont les survivants. Il faut frapper notre imagination de façon qu'il ne soit plus jamais possible de l'oublier. Il décide de nous faire entrer de plain-pied dans l'épouvante.

Le 24 avril, date anniversaire du génocide, journée de recueillement pour tous les Arméniens dans le monde, nous sommes dispensés d'école. Sur mon cahier de correspondance, en guise de mot d'excuse, ma mère écrit chaque année : « Journée officielle de commémoration du génocide arménien. »

Une véritable aubaine. Certes, la journée est assez sinistre : elle s'écoule entre l'office de la messe arménienne à la mémoire des victimes, rue Jean-Goujon, et la soirée salle Gaveau, où des orateurs aux longs discours incompréhensibles se succèdent à la tribune. Mais cette journée d'absence mystérieuse et autorisée par l'administration augmente mon prestige personnel, du moins suscite-t-elle une certaine curiosité ou envie chez mes camarades, ce qui est somme toute la preuve d'un bénéfice réel.

Durant ces commémorations, nous sommes un peu comme des enfants à l'enterrement d'un vieil oncle qu'ils n'ont pas connu, attendant poliment que le temps passe, confinés dans l'ennui mais tout de même impressionnés par l'émotion inhabituelle qui étreint les adultes autour d'eux. Cette année-là, mon père décide de changer la routine.

L'après-midi, avant de partir pour l'église, il nous convoque tous les trois dans le salon. Nous voilà assis devant lui, nerveux et inquiets, dans un silence de mort. Mon père a le sens de la mise en scène. Il veut que la solennité du moment nous prépare à ce qui va suivre.

Je me souviens intensément de ce moment. De la tension électrique qui rend l'air irrespirable, de mes mains moites sur ma jupe plissée, du canapé en velours marron sur lequel est assis mon père avant qu'il se lève et s'adosse à la cheminée pour adopter une contenance plus appropriée.

— Je vais vous lire un texte qui va vous faire comprendre ce qu'ont subi les Arméniens. Ce texte a été écrit pendant le génocide, en 1915, par l'ambassadeur des États-Unis en Turquie.

Je regarde furtivement mon frère, pétrifié comme moi dans l'attente. De loin on pourrait croire que nous avons commis une faute grave, que nous sommes dans nos petits souliers et que nous allons recevoir une punition terrible.

Mon père entame sa lecture. Froidement : « Bedri Bey, le préfet de police de Constantinople, décrivit avec un plaisir répugnant les tortures infligées ; il ne cachait pas que le gouvernement en était l'instigateur et, comme tous les fonctionnaires turcs, il approuvait ce traitement de la race abhorrée. Il me raconta que les détails des opérations étaient discutés aux réunions du Comité Union et Progrès. Chaque nouvelle méthode de martyre était saluée comme une découverte magnifique, et les membres assistant régulièrement à ces conseils se perdaient en efforts pour inventer quelque chose d'original. Il me révéla ainsi qu'ils étudiaient passionnément les rapports de l'Inquisition espagnole et autres monuments classiques de torture et adoptaient toutes les suggestions qu'ils y découvraient. Bedri ne me communiqua pas le nom de celui qui remporta le prix dans ce triste concours, mais en Arménie, Djevdet Bey, le Vali de Van, dont j'ai signalé plus haut l'activité, avait la réputation d'être le plus infâme parmi les bourreaux ; dans tout le pays, il reçut le sobriquet de "maréchal-ferrant de Bashkalé", car ce connaisseur en cruauté avait inventé ce qui était peut-être le chef-d'œuvre suprême, de clouer des fers à cheval aux pieds de ses victimes ! »

Mon père tourne les pages du livre, s'éclaircissant la voix de temps à autre, signe qu'il a du mal à contenir son émotion et à conserver la mise à distance nécessaire pour sa lecture. Je me souviens de ce chapitre. Mon père en a peut-être lu d'autres. Je ne sais plus. Les Mémoires de l'ambassadeur Morgenthau recèlent un bon nombre de témoignages aussi barbares que celui-là. Mon père n'a que l'embarras du choix. Homme pudique, il évite les témoignages sur les viols des femmes. Je suis presque sûre qu'il cite néanmoins le récit des soldats turcs éventrant les femmes enceintes après avoir parié sur le sexe du fœtus. Mais ma mémoire reste clouée aux atrocités du maréchal-ferrant et mon effroi se cristallise sur cette image des suppliciés avec les fers à cheval plantés dans leurs pieds sanguinolents.

Toute saga familiale possède ses scènes primitives qui soudent le clan autour d'une destinée commune. Mon père nous a cloué l'Arménie dans la tête. Tels les stigmates du Christ, les récits de l'horreur sont désormais gravés dans nos chairs tendres, prêts à refaire surface. Ils coulent dans nos veines, s'installent dans l'os, le mou et le gras, dans la moiteur de nos entrailles. Ils vont devenir nos compagnons de route.

Cette épreuve est littéralement traumatisante, mais il ne m'est jamais venu à l'esprit d'en vouloir à mon père. Comme un rite initiatique dont on sait qu'il va être douloureux mais nécessaire pour faire partie du groupe, j'ai reçu ma part d'héritage sans broncher. Presque soulagée.

Le génocide n'était plus un massacre abstrait et mystérieux dont aucun livre ou film ne parlait. C'était une blessure physique qui me hérissait les poils, me faisait trembler et provoquait les mêmes symptômes chez tous les membres de ma famille.

Mon père a fait ce qui lui semblait juste, et ce qui lui semblait juste passait par la lecture d'un texte institutionnel, un rapport officiel écrit par une personnalité honorable et à la crédibilité incontestable. Il fallait mettre de la distance dans ce chaos sanglant.

Il n'a pas choisi le récit d'un rescapé. Et encore moins le récit de sa mère. La prendre en otage dans cette transmission macabre en l'invitant à y jouer le premier rôle lui a paru obscène. La protéger de sa douleur était son devoir de fils. Par ailleurs, le risque qu'elle coopère de très mauvaise grâce et ne concède que quelques vérités aseptisées était réel. Or mon père avait besoin de choc, pas de flou. Les mystères de ma grand-mère restaient entiers.

En sortant du salon, je pense à elle, je peine à m'imaginer cette dame toute ronde en jeune fille affamée et terrorisée, échappant à ses bourreaux.

Je me demande si elle aussi a eu les pieds cloués. J'essaye de me souvenir de ses pieds, les ai-je vus nus une seule fois ? Ont-ils des cicatrices ? Je me souviens de l'avoir surprise un matin, en combinaison, sortant de la salle de bains, mais je suis presque sûre qu'elle portait des bas épais couleur chair sous ses chaussons à bout ouvert. Je n'ai rien remarqué. Elle ne s'est jamais assise à la plage avec nous.

L'idée même de s'asseoir jambes nues sur du sable, certainement souillé par la pisse de chien, devait lui sembler grotesque. Je n'ai jamais vu ses pieds nus.

Est-ce qu'elle boite ? Forcément elle boiterait si ses pieds avaient été mutilés. Non, elle ne boite pas. D'ailleurs, peut-on survivre en ayant les pieds cloués et sans médecin pour vous soigner ? Les pieds s'infectent et on doit vous les couper. Plus sûrement vous mourez faute de soins. Et si elle est rescapée, c'est bien qu'elle s'est sauvée. Et comment courir avec les pieds en sang ? Donc elle n'a pas eu les pieds cloués. Mais alors, qu'est-ce qu'elle a eu ?

En remontant dans ma chambre, j'inspecte le bout du couloir. C'est horrible, mais je meurs d'envie de pousser la porte de son salon et d'entrevoir, ne serait-ce qu'une seconde, ses pieds dans ses chaussons.

Je pousse la porte. Elle lit son journal. Elle a posé sur ses jambes une couverture en tricot aux rosaces violacées, une de ses œuvres récentes. Impossible de voir ses pieds. Dépitée de ne pas pouvoir satisfaire ma curiosité, je lui demande :

— Tu viens à l'église ? C'est 24 avril aujourd'hui.

On dit : « C'est 24 avril » comme d'autres disent : « C'est Pâques » ou « C'est Kippour ».

Elle soupire :

— *Amaaann...*

Puis marmonne quelque chose que je ne comprends pas.

J'insiste :

— Tu viens ?

— Non. Je n'y vais pas...

Elle pense « Dieu et moi, tu sais... », mais elle ne le dit pas. Comme si elle lisait dans mes pensées, elle ajoute d'une voix fatiguée :

— Mes morts sont ici, tu sais... Et elle tape, toc-toc, sur sa tempe argentée que la coloration maison a transformée en irrésistible mauve pastel. Je n'ai pas besoin d'église pour parler avec eux...

Mon père m'appelle du bout du couloir. Je m'esquive en jetant un dernier regard furtif à la bosse formée par ses pieds sous la couverture, comme si, du monticule crocheté, allaient surgir d'improbables indices permettant de donner une indication sur l'état des chairs de sa plante de pied.

Dans le métro qui nous conduit jusqu'à la station Franklin D. Roosevelt, je pose mon visage contre la vitre. Tout en absorbant les images accélérées Dubo, Dubon, Dubonnet ! qui donnent de la joie aux murs crasseux du tunnel, je procède mentalement à l'inspection du corps de ma grand-mère. Je dissèque. Organe par organe. J'imagine les outrages et les blessures. Les maladies de la haine, les plaies barbares. Ce qui est réparable et ce qui ne l'est pas. Ce qui rend plus fort et ce qui rend fou. Je me demande si elle a été violée. Je me demande s'il vaut mieux être violée ou avoir les pieds cloués à des fers à cheval. Je me demande si tout le monde se pose les mêmes questions ou si je suis seule à avoir cette curiosité malsaine. Je suis persuadée que les autres ont des pensées plus nobles ou plus

normales. Ceux qui ont des pensées détra-
quées sont en général des pervers, des tueurs,
des maréchaux-ferrants. Je me demande si
mon obsession réaliste et ma fascination du
détail horrible sont un signe de dérangement
mental. Une singularité inquiétante. L'idée me
plaît assez.

Au bout du tunnel, il y a les reflets mordo-
rés de la station Franklin D. Roosevelt. Je me
lève brusquement de la banquette. Je bouscule
mon frère, qui me rabroue. Il est endimanché,
tout comme moi, pour la « journée de commémoration du génocide arménien ». Je
pouffe devant son air sérieux. Il me fait une
grimace. Mon père me rappelle à l'ordre. Il est
de mauvaise humeur d'avoir pris le métro.
Son Opel Commodore jaune est en panne et
nous voilà, déchus, à marcher sous terre
comme les cloportes.

L'église est pleine à craquer de silhouettes
noires et suffoque sous les vapeurs d'encens.
Au premier rang, des femmes à genoux sur les
prie-Dieu, les mains jointes face à l'évêque
dans son habit de brocart précieusement tissé.

Je ne connais rien de plus beau que les
chants du rite arménien. Dieu est parmi nous,
c'est évident. Il brille de mille fils d'or, il sent
l'encens et il a la voix d'une soprano. Il nous
aime bien. Il se reconnaît en nous. Nous avons
porté notre croix, nous aussi. Nous sommes
un troupeau résistant qui n'a jamais démérité
malgré les épreuves, depuis que nous avons
adopté le christianisme comme religion d'État
au IVe siècle. Chez nous, les brebis ne s'égarent

pas, elles se pressent les unes contre les autres parce que, quitte à affronter les loups, mieux vaut avoir chaud tous ensemble.

Je lève les yeux. Les chœurs sont à l'étage, regroupés autour de l'orgue. La soprano lance sa prière cristalline au ciel. Aspirée par la grâce divine, elle tangue dangereusement au-dessus du balcon. J'ai envie de pleurer.

L'évêque serre dans sa main le crucifix à travers un mouchoir brodé de façon que ses doigts ne touchent jamais l'objet sacré. Les pieds du Christ cloués sur la croix semblent dépasser d'un délicat drap de dentelles blanches.

À la fin de la célébration, je tends la main vers les corbeilles remplies de sachets en papier cristal qui contiennent des morceaux de pain arménien bénit. Rien à voir avec les hosties traditionnelles françaises. Ce sont de petits morceaux de pâte molle, pliés en quatre. Ils fondent sur le palais avec un arrière-goût de brûlé métallique. Je prends un sachet pour ma grand-mère. À peine dans la rue, je le fais disparaître dans ma bouche.

HÔPITAL D'ALEP
Février 1919

Le médecin a promis qu'il la recevrait. Mais Aravni se demande si elle ne ferait pas mieux de rebrousser chemin. Dans les couloirs de l'hôpital règne une pagaille indescriptible. Depuis que le général Allenby et les forces britanniques sont entrés dans Alep à l'automne dernier, après la victoire des Alliés, la ville entière est un immense foutoir. Les militaires turcs ont fui vers le nord où des noyaux nationalistes irrédentistes, commandés par un certain Mustafa Kemal, continuent à donner du fil à retordre aux troupes anglaises.

Un matin d'octobre, Alep s'est réveillée dans un calme étrange. La ville avait été désertée par la Quatrième armée turque, en déroute, et pas encore investie par les alliés. Un jour de fête pour tous les réfugiés qui vivaient cachés depuis des années dans la crainte des arrestations. Un jour sans militaires, sans police, sans gouvernement. On avait forcé les portes des réserves de l'armée et on se servait : riz, huile, farine, vêtements, couvertures, vaisselle ; les réfugiés comme les Alépins subissaient pénuries et privations depuis trop longtemps.

Aravni se souvient de leur première année à Alep. Tospat l'avait installée avec Méliné chez des amis arabes. Des amours de gens, Younes et Aïcha, qui les avaient accueillies comme leurs propres sœurs.

Aïcha avait emmené Aravni au hammam, le jour des femmes, et l'avait confiée à la meilleure masseuse.

— Tu as besoin de savon noir pour réparer ta peau, d'huile d'argan et de mains qui te fassent du bien, avait-elle expliqué sérieusement à Aravni. Tu as trop de colère en toi. Il faut que tu te trouves un nouveau mari, *inch allah*, et tu oublieras ce que t'ont fait ces chiens.

Aravni avait souri malgré elle des conseils d'Aïcha. Se marier, quelle drôle d'idée. Dans l'immédiat, elle avait deux objectifs : échapper aux rafles et trouver du travail.

Pendant un an, toujours averties par Tospat puis par leur réseau d'amis arabes, elles avaient fui de refuge en refuge, planquées dans des caves, des greniers, attendant la nuit tombée pour prendre l'air, craignant toujours de croiser des patrouilles, échappant à plusieurs reprises aux soldats. Alep grouillait de policiers qui pistaient les cachettes d'Arméniens. Même les notables de la ville, qui au début avaient eu pitié des réfugiés, perdaient pied face à l'afflux permanent des miséreux. La guerre avait appauvri tout le monde. Les Arabes qui les secouraient étaient bien souvent aussi démunis qu'eux.

Aravni et Méliné, comme des centaines de réfugiés, travaillaient pour des ateliers de confection clandestins. Coupeurs, tailleurs, repiqueurs, repasseurs : hommes, femmes et enfants s'épuisaient pour un salaire de misère à fabriquer... des uniformes pour les soldats de la Quatrième armée turque. Un comble, s'était exclamée Méliné. Leurs exploiteurs avaient vite compris le profit qu'ils pourraient tirer de ces Arméniens traqués par la police, sans papiers et sans ressources. Pendant plus de trois ans, Aravni avait reçu pour tout salaire de ses dix heures de travail journalières le logis dans des chambres où ils s'entassaient à plusieurs, et un pain. Un seul et unique pain. Juste de quoi se maintenir en vie. La faim s'était installée dans ses entrailles sans jamais en sortir. Pas la faim des convois. Une autre faim. Une faim de parasite. Une faim de rongeur installé à domicile dans l'estomac. L'été, Aravni et Méliné sortaient la nuit pour chaparder dans les vergers, au risque de se faire dénoncer. Parfois aussi, elles creusaient la terre pour trouver des navets, des carottes, des courgettes oubliés par les paysans. Tout pouvait améliorer leur ordinaire.

Se marier, quelle drôle d'idée.

Il y avait des hommes, pourtant, parmi les survivants. Eux aussi travaillaient pour la confection des uniformes. Ils n'avaient pas le choix. La plupart n'avaient jamais tenu une aiguille de leur vie. Ils apprenaient à couper, à faire un ourlet, à placer des boutons.

Studieusement. Encadrés par les femmes qui pouffaient de leur maladresse.

Cela brisait le cœur d'Aravni de voir ces hommes malhabiles, idiots devant leur tâche. Surtout les lettrés, les instruits, les intelligents, les rêveurs. Les fournisseurs étaient impitoyables : chacun devait rendre un nombre minimum de pièces pour continuer à être payé. Parfois elle avait pitié des plus lents et les aidait. À la finition des chaussettes, notamment, car elle était la plus rapide de toutes.

Certains hommes qui savaient déclamer la poésie étaient exemptés de travail. On cousait en silence en les écoutant. Beaucoup, qui avaient eu vent de la règle, assuraient être poètes. Mais Méliné, qui avait instauré cette exception, repérait les tire-au-flanc. Elle ne sélectionnait que les « vrais », ceux qui connaissaient la poésie par cœur et y mettaient du sentiment.

Avec le départ des troupes turques, les ateliers clandestins ont fermé. Les organisations caritatives suisses, américaines, anglaises, françaises, protestantes et catholiques ont investi la ville. Ils suppléent aux besoins les plus pressants. Mais Aravni ne supporte pas la charité. Elle veut travailler.

C'est Kéram, un « poète » de l'atelier, qui l'a prévenue que les hôpitaux cherchent des infirmières. À l'hôpital central, un des médecins est arménien, le docteur Yéramian. Même si elle n'a pas de qualification, il l'aidera, car il vient d'Amassia, comme elle.

Les réfugiés arméniens s'entraident. Mais on s'entraide d'abord entre membres d'une même famille. Puis entre compatriotes de la même ville. Puis de la même région. Les règles sont non dites mais connues de tous. Méliné en ricane mais Aravni trouve cela frappé au coin du bon sens.

Le voilà devant elle. Un homme d'une cinquantaine d'années, avec une blouse qui a dû être blanche ouverte sur un costume, un stéthoscope autour du cou et d'énormes cernes bruns qui lui dessinent un visage de chouette.

— C'est vous, Aravni ?

Elle fait signe que oui.

— Vous avez déjà fait ce métier ? Vous y connaissez quelque chose ?

Aravni se demande si le fait d'avoir soigné le pus des yeux des enfants avec de l'urine peut passer pour une expérience valable.

— Évidemment, vous ne savez rien faire, conclut le médecin en soupirant devant son silence.

— J'apprends vite, répond Aravni. Et puis, infirmière, c'est un peu un travail de bonniche amélioré. Je saurai faire.

Le médecin semble amusé. Quelle drôle de petite bonne femme. Si elle a autant de cran que de bagout, au moins elle ne tombera pas dans les pommes devant les blessés de guerre.

— Marché conclu, lui dit-il. Vous allez voir la chef des infirmières, au premier étage. Elle s'appelle Zhor. Elle est turque, c'est une excellente infirmière, elle…

Des cris retentissent à l'extérieur de l'établissement, dans la cour de l'hôpital. Des hommes appellent des brancardiers, des femmes hurlent. Aravni et le docteur Yéramian se précipitent dehors. La cour est remplie de voitures qui déposent des blessés. Des hommes, des femmes, des enfants aux vêtements couverts de sang, la chair tailladée. Ce sont des Arméniens. Tous. Ce n'est pas possible, mon Dieu, ce n'est pas possible, ça recommence... Aravni sent ses jambes flageoler, un voile noir tombe sur ses yeux et elle s'affaisse.

Elle est réveillée par une grande gifle du médecin :

— Moi qui pensais que vous étiez costaud... Vite, il faut m'aider. Debout.

Étrangement, son ton sec et froid lui fait du bien.

Les pogroms d'Arméniens ont commencé à Alep depuis quelques jours. Des nationalistes arabes, aidés et manipulés par des membres turcs du Comité Union et Progrès, tentent de lever la population contre les Alliés et attisent la haine contre les réfugiés arméniens dont ils réclament le départ. Depuis la fin des hostilités, le nombre des réfugiés a triplé. Des trains entiers ramènent les enfants récupérés par les missions vers les orphelinats et les Britanniques sont totalement débordés. Alep continue à souffrir du manque de ravitaillement et les Arméniens sont des boucs émissaires parfaits. Eux qui pensaient trouver refuge auprès des puissances alliées sentent leurs « protecteurs » de moins en moins bienveillants.

Aravni se relève. Elle voit une femme avec une coiffe blanche s'affairer auprès du docteur Yéramian. C'est l'infirmière turque.

— Je suis Zhor, contente de vous voir. Je suis seule ici, je n'y arrive pas. Je reste soigner les Arméniens, il y en a plusieurs dans un état critique. Il faudrait vous occuper des malades de la salle des officiers.

La salle des officiers ? Quels officiers ? Le médecin répond à sa place.

— Pas de problème, elle s'en charge.

Aravni disparaît dans le hall et se dirige vers les escaliers. Elle a besoin de ce travail. Le docteur Yéramian la couvre, elle ne doit pas tromper sa confiance. Elle monte à l'étage. La salle des officiers est sur sa droite.

Ils sont deux dans la pièce qui sent le moisi, la sueur et le tabac. Des officiers turcs. Des malades de la Quatrième armée qui n'ont pas pu fuir. Elle remarque le matériel qui l'attend. Les bacs, les brocs d'eau, les serviettes. Ils ont l'air d'être arrivés récemment. Ils sont sales. Noirs de barbe, hirsutes. Le teint jauni par la fièvre. Peut-être la malaria.

Ils sourient en la voyant arriver. Elle a passé une blouse blanche et une coiffe. Une infirmière pour eux tout seuls, qui va les baigner, les coiffer, les raser, leur ôter leur crasse, quel bonheur. Être propre, c'est déjà guérir.

Elle s'attaque au premier. Il a un bandage à la tête. Il blague. Elle répond du bout des lèvres. Elle parle turc avec un accent, elle le sait. L'officier se tourne vers son compagnon de chambrée :

— On dit que nous avons tué les Arméniens mais je ne comprends pas, ils grouillent partout dans les rues d'Alep. Et même dans cette chambre d'hôpital. Ce sont des rusés et des menteurs.

L'autre renchérit :

— J'ai l'impression qu'ici on ne les aime pas non plus. Ils ont eu une bonne leçon aujourd'hui.

Il rit. Il a perdu une main. Aravni se demande s'il faudra nettoyer son moignon. Elle réprime un haut-le-cœur. Le premier officier lui tend son pied nu crasseux.

— J'ai besoin qu'on me coupe les ongles. Tu dois bien savoir faire ça. Regarde, ils sont très longs et très durs, ça m'écorche les pieds quand je marche.

Aravni s'empare de la cuvette. Elle y plonge les pieds de l'officier. Elle est dégoûtée. Coudre leurs uniformes, d'accord, mais leur couper les ongles, c'est au-dessus de ses forces.

— Après, tu me nettoieras. Tout mon corps. Et même ma queue. Mais fais attention, si tu l'abîmes, je t'étripe, comme j'ai étripé ta race.

Il est content de la voir rougir. Elle quitte la pièce et s'adosse au mur du couloir pour calmer sa rage. Ça n'en finira donc jamais. Elle les hait.

Dans la salle en face, le docteur Yéramian recoud des blessés. Il l'appelle.

— Les officiers, ça peut attendre, aide-moi à faire les pansements.

Sur la civière, elle aperçoit un homme au torse traversé d'une énorme balafre. Un pansement lui masque le visage. Aravni voit ses pieds qui dépassent du drap. Il porte des chaussettes de l'armée. Des chaussettes comme elle a dû en coudre des milliers dans l'atelier. Il parle.

— Désolé, Aravni, ce n'est pas une tenue convenable pour un poète. Méliné ne serait pas contente…

C'est Kéram ! Elle lui prend la main et la serre dans les siennes. Ses yeux s'embuent, elle voudrait s'asseoir à ses côtés, tirer l'aiguille et écouter des poèmes. L'atelier clandestin aux petites mains cousant avec ferveur les uniformes de l'armée turque pour un pain par jour lui semble soudain le refuge le plus enviable qu'elle ait connu depuis des années. Elle se force à sourire et se saisit d'un bandage. Ne pleure pas sur ton sort, imbécile, c'est lui qui est à plaindre.

*
* *

Aravni s'est levée tôt. Elle a lacé ses bottines, mis un foulard autour de sa tête comme une musulmane, enfilé sa veste et quitté l'immeuble sur la pointe des pieds. La lumière est encore bleue, la ville silencieuse. Elle se dirige vers l'hôpital. À pied, c'est assez loin. Mais elle aime marcher dans les rues d'Alep. Sa citadelle trapue, ses khans, la place de l'Horloge, le Café du Louvre bondé d'hommes élégants fumant le narguilé. Et le magnifique hôtel Baron. Aravni les grave un à un dans sa mémoire. Elle va quitter la ville.

Hier soir, Méliné l'attendait de pied ferme à son retour de l'hôpital, où elle travaille depuis deux semaines.

— Nous partons, ma colombe, nous n'avons pas échappé à Deir Zor pour nous faire massacrer à Alep par des excités. Les Alliés vont organiser leurs petites affaires avec le roi Fayçal et faire une partition. Ils veulent rediriger les Arméniens vers le nord. Les Anglais et les Français disent qu'ils veulent juger les responsables turcs des massacres, mais je n'ai aucune confiance. Les soldats turcs sont toujours armés. Sais-tu ce qu'on a répondu aux Arméniens venus demander l'aide du commandant de la garnison française ? On leur a dit qu'on ne pouvait pas le déranger parce qu'il déjeunait. Voilà nos alliés. Constantinople est une capitale. C'est plus sûr. Nous trouverons du travail. Nous allons partir demain en train.

Aravni a hoché la tête. Méliné a raison. Méliné a toujours raison.

— Tu as l'air pensive, ma colombe, ça ne va pas ?

— Si ça va, bien sûr, ça va.

L'hôpital est encore assoupi. Aravni entre par la porte de service. Les infirmières de jour ne sont pas arrivées. Elle monte à l'étage et pénètre d'un pas ferme dans la salle des infirmières. Elle est seule. Elle pose son sac et sort son djezvé et un petit paquet de café. Du vrai café moulu. Une denrée rare en ce moment. Elle fait son mélange, ajoute de la cardamome. Pas mal de cardamome. Elle pose le djezvé sur le réchaud et attend. L'arôme du café lui fait du bien. Elle remplit deux tasses qu'elle a apportées dans sa besace. Elle les pose sur un chariot et se dirige d'un pas serein vers la chambre des officiers. Aucun Turc ne peut résister à une tasse de café. Le sien est parfait. Une légère mousse dorée sur le liquide sombre qui tremblote au rythme du chariot. Elle entre dans la chambre.

L'un des officiers est réveillé. Il a les traits creusés, la nuit n'a pas dû être bonne. Son état est stationnaire. La fièvre ne baisse pas, les médicaments sont rares. L'autre somnole encore, mais au parfum du café qui envahit ses narines, il se redresse, étonné et bâillant, enchanté de cette divine surprise.

— Le café des officiers, lance Aravni en reprenant l'expression soumise qu'elle a adoptée avec eux.

Elle leur apporte une tasse à chacun. Elle aide le plus maladroit à boire et regarde l'autre. Il sirote, aspire le breuvage voluptueusement jusqu'à la dernière goutte, fait claquer sa langue de contentement. Elle pousse le chariot vers la sortie.

— Je reviens, précise-t-elle en quittant la chambre.

Le plus âgé, celui qui lui parle tous les jours comme à un chien, désormais parfaitement réveillé, lui lance :

— On espère bien, tu dois nous laver, je te rappelle.

Aravni laisse en plan le chariot au milieu du couloir, enlève sa blouse, reprend son sac, enroule son foulard autour de son visage. Vite sortir de l'hôpital, vite traverser la cour, vite se noyer dans le dédale du souk où résonnent déjà les premières clameurs, vite gagner la gare.

Kéram lui a suggéré, lorsqu'elle bandait ses blessures, de rendre visite à l'apothicaire de la rue Al-Aziziyeh, à côté de l'église des Franciscains. C'est un Arménien de Trébizonde, qui s'est donné comme mission d'abréger les souffrances des officiers turcs hospitalisés. On leur rend service et on rend service à l'humanité, c'est une double bonne action, théorise-t-il. Son réseau le met en relation avec des Arméniennes qui travaillent dans les hôpitaux et, de temps en temps, quand des soldats arrivent, il donne très charitablement des petits sachets de poudre et explique comment agir en toute discrétion. C'est Aravni qui a eu l'idée du café. Elle le gardait pour une occasion spéciale. L'apothicaire a approuvé, surtout si elle ajoute de la cardamome, cela masquera tout parfum suspect.

La digitale agit très vite. Voilà cinq minutes qu'elle a quitté l'hôpital. Ils doivent déjà être en enfer.

SEXE

La télévision est un personnage important de mon enfance pour la simple raison qu'elle était interdite par mon père.

Humiliée par cette mesure répressive qui me mettait au ban de la société, je vécus l'arrivée de ma grand-mère dans l'appartement du dessus, flanquée de son énorme poste Indesit, comme le débarquement des Alliés en Normandie. La fin de la tyrannie et la libération des ondes ! La vraie vie allait commencer avec son cortège de feuilletons palpitants : *Mannix*, *L'Âge heureux*, *La Demoiselle d'Avignon*, *Arsène Lupin*, *Belle et Sébastien*, *Amicalement Vôtre*, *Ma sorcière bien-aimée* ; sans oublier toutes les vedettes de la chanson française. Mon amour de la variété contrariait nettement mes géniteurs, très remontés contre le genre. Écouter le hit-parade de RTL relevait de la résistance clandestine, avec guetteur (mon frère) et camouflage (les livres de cours étalés en évidence). Désormais, grâce à la télé, mes nouveaux héros s'appelaient Maritie et Gilbert Carpentier, dont le nom même était la promesse d'un enchantement chaque samedi soir, lorsque j'arrivais à déjouer la censure ennemie.

La télévision devint un point de ralliement important à ma grand-mère. L'honnêteté m'oblige à dire que, sans petit écran, son pouvoir d'attraction aurait peut-être été moindre. Mais elle avait compris comment tirer habilement parti de sa position monopolistique. Elle nous ferrait avec la télé, nous harponnait avec des tire-bouchons et nous protégeait du courroux de mon père, qui, hélas, continuait à nous interdire l'accès à la boîte noire du diable. Lorsqu'il pénétrait en furie dans son salon pour nous renvoyer dans nos chambres, force est de constater que le combat était loin d'être gagné.

Lorsque nous regardions la télévision avec ma grand-mère, ses commentaires radicaux pimentaient la soirée.

— Alène Deulonne zérrro… (Alain Delon zéro…)

— Gabène *médz térrassane* ! (Gabin grand acteur !)

Et le commentaire en arménien, qui surgissait dès qu'un film parlait de la Shoah :

— Toujours les Juifs. Et pourquoi jamais de film sur les Arméniens ?

Mais sa grande affaire était le sexe. Toute image à connotation érotique déclenchait ses foudres indignées. Un couple qui s'embrassait : « *Amot !* » (Quelle honte !) Si le baiser durait plus de deux secondes, elle passait au français pour bien nous faire comprendre sa désapprobation : « Dégoutanne ! » (Dégoûtant !)

Il y avait plus radical qu'elle : son fils. Si mon père regardait la télévision avec nous, la sanction pour un baiser était l'extinction immédiate du poste. Une véritable commission de censure. Combien de fois me suis-je surprise à espérer qu'aucune scène d'amour ne vienne se glisser dans le film, afin que nous ayons une chance de suivre l'intrigue jusqu'au bout ?

Mon père et ma grand-mère, gardiens de l'ordre moral, étaient en parfaite communion dans l'épouvante sexuelle. Je la mis donc sur le compte de leurs origines. Rien d'étonnant pour ma grand-mère, née dans l'Empire ottoman au XIXe siècle et imprégnée de culture orientale. Mais quelle terreur habitait mon père, et de quelle nature, pour que cet être intelligent et rationnel cède soudain à une panique déraisonnable devant l'évocation sexuelle, en total décalage avec la libération progressive des mœurs de l'époque ? Visionner en famille des scènes mettant en évidence l'existence d'un désir entre l'homme et la femme, aussi mièvre fût-il, le violentait.

Pour lui, le corps et le sexe ne se nommaient pas, ils n'existaient pas, les évoquer était obscène. L'idée même que ma sœur et moi puissions côtoyer des garçons hors du nid familial constituait une menace qu'il contrait en limitant au maximum nos sorties. Je percevais tellement ce malaise que j'employai une bonne partie de mon enfance à le rassurer en ressemblant à tout sauf à une fille. Cheveux courts, en short de sport et pataugas, je grimpais aux arbres, escaladais les rochers, collectionnais les genoux et les coudes écorchés. Ma grand-mère disait en souriant à ma mère : « Astrig manque garçonne ! » (Astrig garçon manqué !)

Un jour que nous prenions un repas dans la cuisine, mon père interpella ma mère :

— Dis à ta fille d'aller se rhabiller.

Ma mère, ahurie, chercha à comprendre le sens de la phrase, car aucun d'entre nous ne se serait jamais permis de passer à table dans une tenue légère ou négligée.

Mon père avait en ligne de mire la bretelle de mon soutien-gorge qui dépassait légèrement de l'encolure de mon pull. Ces trois centimètres de tissu élastique l'indisposaient tellement qu'il était non seulement perturbé dans son dîner, mais incapable de s'adresser à moi directement pour me faire rectifier la position de la bretelle. Prononcer le mot soutien-gorge à table était déjà une obscénité. Le dire à sa propre fille était une abomination.

Ce rapport délirant au sexe faisait curieusement écho à ma honte la plus intime, celle de mon nom de famille. Avoir un nom impossible à prononcer est déjà un calvaire quotidien pour un enfant. Mais avoir un nom barbare, qui en plus commence par « couy », était mon enfer personnel. J'en rougissais de honte à chaque fois qu'un professeur, confronté pour la première fois à l'exigent patronyme, s'appliquait, en insistant sur chaque syllabe.

— COUYYY... OUUM... AJIIIAAAN, c'est ça ?

Je bafouillais rapidement oui, juste pour mettre fin au supplice, peu importait l'exactitude de la prononciation, personne n'y arrivait du premier coup, c'était impossible pour un palais occidental de base. Le coup de grâce arrivait lorsque mon nom était orthographié couilloumdjian, déclenchant l'hilarité de mes camarades. Une humiliation totale. J'avais l'impression de me promener nue dans la rue avec un énorme godemiché autour du cou.

J'étais furieuse contre mon père, puritain en chef, qui se payait un nom de famille en forme de couille. Furieuse contre ma mère, qui avait dit oui à un patronyme infamant et ridicule, que nous devions supporter à notre tour, alors que son nom de jeune fille était l'expression du bon goût : mademoiselle Tournon, aucune partie génitale à sortir de sa bouche.

Pour compléter mon infortune, mes initiales étaient VC. Des couilles aux chiottes, voilà la perception pornographique que j'eus longtemps de mes identifiants personnels.

J'ai demandé récemment à ma mère comment elle-même avait géré ce calvaire du nom, qui perdura si longtemps dans ma vie. Étonnée, elle a cherché dans sa mémoire une réponse honnête et objective.

— Oui, c'était difficile à prononcer, bien sûr. Mais je n'ai jamais envisagé la question de cette manière, me dit-elle, amusée. Ton père, lui, s'appelait Vram, qu'il orthographiait Wram, ce qui donnait comme initiales WC. Et quand ses copains lui demandaient en riant : « WC, comme les toilettes ? » Il répondait du tac au tac : « Non, comme Winston Churchill ! »

147

J'en déduisis que l'extraordinaire passion que mon père vouait au grand homme était mêlée d'une gratitude inavouable à celui qui l'avait sorti des latrines pour le hisser au quasi-rang de héros de guerre, à la faveur d'initiales communes qui faisaient taire les moqueurs. Même si mon père abandonna vite son prénom arménien, Wram, pour son prénom français, Georges, mettant fin à ce que j'imagine avoir été, malgré Winston, son propre cauchemar.

En ce qui me concerne, j'ai eu beau chercher, je n'ai pas trouvé d'héroïne sublime, initiales VC, à qui m'identifier pour m'extraire des lieux d'aisance.

L'homme que j'ai épousé à vingt-quatre ans, adoubé par ma grand-mère, avait, entre autres qualités, un nom arménien. Et, presque aussi important pour moi, un nom arménien idéal : beau, facile à prononcer, sans aucun risque de dérapage obscène et m'éloignant définitivement de toute compromission avec les cabinets.

CONSTANTINOPLE
Septembre 1923

La première fois qu'elle l'a vu, c'est dans le tramway entre Orta Keuy et Bayazid. Mesrop se tenait adossé au milieu de la rame et la dévisageait. Il avait un grand front surmonté d'une chevelure épaisse coiffée en arrière, une moustache carrée sur la lèvre supérieure, un costume correct – pourtant, on n'était pas dimanche – et cet air sûr de lui qui l'a irritée d'emblée.

Le tram était bondé, comme toujours. D'instinct, les femmes se regroupaient entre elles, tant cette promiscuité était gênante. Elle a baissé les yeux, surtout qu'il n'aille pas s'imaginer quoi que ce soit. Elle fixait la vitre, l'air maussade, concentrée sur le spectacle bruyant de la rue. Mesrop cherchait à lui faire comprendre qu'il était arménien. Il l'a donc saluée en inclinant la tête et en lui souhaitant une bonne journée. S'il croit qu'il va m'amadouer en parlant arménien ! a pensé Aravni. Elle a hoché la tête en signe de reconnaissance, le minimum que lui imposait la courtoisie, puis s'est frayé un chemin jusqu'à la sortie. Regardant droit devant elle, elle a senti son œil amusé la suivre jusqu'à ce qu'elle quitte la rame.

Aravni ne s'intéresse pas aux hommes. Elle a vingt-cinq ans, elle sait que, dans quelques années, ce sera trop tard. Toutes les femmes qu'elle croise entre dix-huit et trente ans sont obsédées par le mariage et la reproduction. Les hommes disponibles ne sont pas si nombreux : beaucoup sont morts. Or il faut bien vivre et fonder des familles. Cela semble une évidence partagée par tous. Mais Aravni n'est heureuse que dans son travail. Elle a été engagée à l'orphelinat central de Kuleli, dans le quartier d'Üsküdar, sur la rive asiatique du Bosphore, dès sa fondation, en juillet 1920. Elle enseigne aux enfants l'écriture, la lecture et l'histoire arménienne. Son directeur, le docteur Stepanian, l'aime bien. Il dit qu'elle a de la chance et que c'est important dans la vie d'avoir de la chance.

— Tu n'as pas envie d'avoir des enfants ? lui a demandé un jour Méliné.

— Si, bien sûr...

— Alors il n'y a pas d'autre moyen que le mariage. Arrête de prendre cet air revêche dès qu'on te regarde. Souris, redresse-toi. Pose des questions. Les hommes adorent qu'on leur pose des questions. Aie l'air intéressée par tout ce qu'ils racontent et baisse les yeux de temps en temps, ils ne doivent pas te prendre pour une effrontée.

Aravni sait que Méliné a raison. Méliné a toujours raison... Mais c'est au-dessus de ses forces. Et puis, ce qui se passe dans un lit, franchement, elle n'en voit pas l'intérêt. Son premier mari, Hagop, était gentil, certes. Mais la vie était bien plus joyeuse quand elle habitait chez son père.

Lorsque Méliné est partie pour la Roumanie, Aravni n'a pas voulu la suivre. Elle aime Constantinople, elle aime les grandes villes, leur effervescence, et elle adore s'occuper des enfants. C'est ici, en Turquie, qu'il y a le plus à faire. Elle est membre du Comité de secours aux orphelins et la tâche est immense : coordonner l'aide, récupérer les enfants placés de force dans des orphelinats d'État turcs, tenter de repérer ceux qui ont été enlevés ou achetés par des familles.

Elle se sent utile. Elle gagne sa vie. Chichement, mais elle s'en contente. Heureusement, le logement qu'elle occupe à Üsküdar fait partie des établissements qui ont été prêtés par le Patriarcat aux réfugiés. Elle aime prendre les « Vapur » et se rendre dans la vieille ville, le dimanche, pour la messe dans la chapelle Sainte-Croix du Patriarcat, ou parfois, les soirs d'été, quand la chaleur pousse tous les Stambouliotes dehors, pour aller manger une glace place Taksim.

Quitter Méliné est la décision la plus difficile qu'elle ait prise depuis six ans. Elle a l'impression de s'être arraché une partie du cœur. Méliné pense que les Grecs vont perdre leur guerre contre la Turquie, que personne ne pourra stopper Kemal, que les Alliés sont des planches pourries et que le territoire qui vient d'être attribué aux Arméniens pour y créer une nouvelle République ne résistera ni aux assauts des Turcs ni à ceux des Bolcheviques. Il faut fuir ce pays. Le monde est grand, la Roumanie promet d'accueillir et de fournir aide et logements aux arrivants. Elle s'est mariée avec Aram Kentouni, un veuf lui aussi, quelques semaines avant de partir. Aravni a promis de réfléchir et de la rejoindre si la situation se dégrade. Mais elle sait qu'elle n'ira pas.

Le départ de Méliné l'a dévastée. Pendant une semaine, elle est restée alitée comme pour une mauvaise fièvre. Elle suait, elle vomissait. Puis elle a compris que l'unique place possible pour elle était parmi les orphelins et elle est retournée à Kuleli. C'est pour cela qu'elle est faite : leur apprendre la poésie, les règles de grammaire, les consoler le soir dans les dortoirs quand ils font des cauchemars. C'est sa seule façon de se sentir forte dans ce monde. C'est sa façon d'avoir des enfants.

La deuxième fois qu'elle a vu Mesrop, c'est à l'embarcadère du ferry-boat, à Üsküdar, en septembre, il y a tout juste un an. Le Bosphore était une nappe de lumière ondulante. Les mouettes sillonnaient l'azur, plongeaient dans les flots, puis se posaient sur le quai pour se mêler aux discussions des voyageurs. Mesrop était au centre d'un groupe d'hommes. Il parlait fort, il parlait bien. Malgré elle, Aravni écoutait. L'incendie de Smyrne était au centre de toutes les conversations. Les Turcs avaient repris la ville aux Grecs puis s'étaient livrés au pillage des quartiers grec et arménien avant d'y mettre le feu, qui s'était propagé à presque toute la ville. Deux mille victimes avaient péri. On racontait des scènes atroces. Les navires français, qui mouillaient dans la baie, avaient refusé de venir en aide aux malheureux tentant de les rejoindre à la nage ou dans des barques. On avait même tiré sur des enfants dans la mer. La peur remontait dans les ventres et chacun s'interrogeait sur la suite.

Au beau milieu d'une phrase, Mesrop s'est arrêté net. Il venait de s'apercevoir qu'Aravni l'écoutait. Trop heureux de ce qu'il interprétait, dans le code des conventions en vigueur, comme une autorisation de l'aborder, il s'est approché et lui a dit qu'une réunion se tenait le soir même au Patriarcat. L'heure était grave. Elle a répondu qu'elle comptait bien s'y rendre. Il a fait un grand sourire et l'a saluée de nouveau.

Aravni était doublement agacée. D'abord parce qu'elle avait prévu d'assister à cette réunion et que Mesrop penserait qu'elle y allait pour lui faire plaisir. Ensuite parce qu'il lui avait parlé devant un groupe et que c'était la dernière chose à faire si on voulait la paix. Tout le monde allait jaser. Il en fallait moins que ça pour que les commères d'Üsküdar mettent le nez dans vos affaires et vous vous retrouviez soit mariée, soit flanquée d'une mauvaise réputation. Et une mauvaise réputation était bien pire qu'un mauvais mariage.

Elle s'est accoudée au bastingage, a scruté l'horizon et ne lui a plus adressé un regard de toute la traversée. Méliné aurait dit : « Arrête avec ton air revêche. » Eh bien tant pis, je suis revêche, c'est comme ça.

Le soir, à la réunion, Aravni a pris conscience de l'ampleur du désastre qui s'annonçait. Kemal et ses hommes avaient prouvé qu'ils n'avaient pas plus d'humanité que les Jeunes-Turcs. Les anciens alliés étaient en train de retourner leur veste et la protection des Arméniens n'était plus du tout à l'ordre du jour. La France fournissait des armes à Mustafa Kemal. La Russie bolchevique également. Les Britanniques se concentraient sur le pétrole de Mossoul et ne voulaient pas d'ennuis avec le nouvel homme fort de la Turquie. Méliné avait raison. Des planches pourries.

Tout d'un coup elle s'est sentie seule et perdue. Méliné était loin. Si elle était là, elle lui dirait quoi faire. Tôt ou tard, Mustafa Kemal entrera en vainqueur à Constantinople. Que vont-ils devenir ? Où va-t-on les renvoyer ?

Elle a entendu la voix de Mesrop s'élever. Les bavardages ont cessé. On l'écoutait. Il parlait de la patrie perdue, des souffrances endurées. Il disait que les Arméniens devaient s'organiser, recréer des forces politiques partout où ils étaient pour faire pression sur les puissances occidentales. Il disait que les communautés arméniennes en France, en Amérique, au Moyen-Orient devaient parler d'une même voix. Et qu'un jour nous obtiendrions réparation et reviendrions sur nos terres. Des gens ont applaudi, les yeux brillants. Aravni aurait voulu le croire. Si tout pouvait recommencer comme avant. Mais comment répare-t-on ce qui n'existe plus ? Comment ressuscite-t-on le monde d'avant ?

Mesrop est membre du parti Dachnak. Comme Père, a pensé Aravni. Mesrop lui aurait-il plu ? Peut-être. Son père aussi faisait de la politique ; il passait d'innombrables soirées à boire du café et fumer en discutant des réformes qui allaient améliorer le sort des Arméniens. Ils sont tous morts. Tués les premiers.

Quelqu'un a dit : « Tout ça, c'est bien beau, mais que faut-il faire des orphelins ? » Et une deuxième réunion avec les Américains du Near East Relief et les Missions étrangères a été programmée pour tenter de faire sortir les enfants hors de Turquie. Vers la Grèce. Vers Corfou. Les Grecs étaient nos amis, les seuls qui avaient eu le courage de s'opposer à Kemal, et maintenant ils le payaient très cher, ils se faisaient massacrer.

Avant qu'elle ait quitté la salle, il était devant elle :

— Mademoiselle Aravni, dimanche nous pourrions nous retrouver à la messe à la chapelle Sainte-Croix ?

C'est la deuxième fois qu'il s'immisçait dans son emploi du temps en la mettant devant le fait accompli. Aravni a hésité. Si elle répondait oui, son assentiment serait quasi interprété comme des fiançailles officielles. Si elle refusait, il risquait de ne jamais lui reposer la question. Aravni s'est demandé froidement si ce n'était pas un signe du destin. S'il fallait quitter la Turquie, prendre le bateau, commencer une nouvelle vie à l'étranger, elle ne pourrait jamais le faire seule. Aucune femme ne se risquerait à un tel périple sans être protégée par un père ou un époux. Même Méliné, si courageuse, s'était mariée avant de partir. Elle avait besoin d'un mari. Pourquoi pas celui-là ?

Elle a répondu :

— Allons prier Dieu ensemble. Jusqu'à présent, mes prières n'ont jamais eu d'écho, mais vous êtes un beau parleur, peut-être que Dieu sera sensible à votre talent ?

Mesrop a souri. Son sens de la repartie et son air boudeur l'amusaient. Ce n'était pas la plus jolie, mais elle avait l'air courageuse et travailleuse. Il pourrait compter sur elle.

La troisième fois qu'elle l'a vu, c'est à la messe du dimanche suivant, à la chapelle Sainte-Croix.

Et le 30 novembre de l'année 1922, Mesrop et Aravni s'y sont rendus de nouveau pour se dire oui devant Dieu et devant les hommes. Tous deux n'avaient qu'une idée en tête : partir.

*
* *

Hier, Aravni a fait ses adieux aux enfants. Un par un, elle les a pris dans ses bras. Elle avait apporté des friandises et ils ont improvisé un goûter dans la salle de classe. Le docteur Stepanian est désolé qu'elle parte. Il l'a augmentée il y a trois mois. Il a aussi tenté de la convaincre de partir aux États-Unis avec un prochain convoi d'enfants qui doivent embarquer pour New York. Mais, désormais, son sort est lié à Mesrop. Et Mesrop rêve de la

France, qui a ouvert ses frontières depuis un an. Et puis le billet est moins cher.

Ils sont arrivés tôt ce matin à l'embarcadère de Karaköy. Ils sont assis dans la salle d'attente des troisièmes classes. Aravni serre leur passeport dans ses mains. Mesrop est parti chercher des journaux et à boire. L'attente risque d'être longue. Les ponts inférieurs doivent embarquer les premiers. Les passagers de première classe monteront les derniers, dans l'après-midi. Départ prévu en fin de journée. Direction Marseille, port de la Joliette. Aravni s'exerce tout bas : « Marrrseilleporrrd élajouliyette. »

Elle ouvre le passeport pour la centième fois et scrute les écritures, les paraphes et les tampons pour y déchiffrer l'improbable ligne de son destin. Le passeport est rédigé en français et en turc. Comme le diplôme de Hagop qu'elle a caché dans un livre, dans son sac de voyage. Elle ne l'a pas montré à Mesrop. Elle ne parle jamais de Hagop. Elle n'est pas sûre que le sujet lui plaise, et encore moins l'idée qu'elle conserve son diplôme d'ingénieur comme une sainte relique du passé.

Lorsque le traité de Lausanne, en juillet dernier, a consacré la République de Kemal et définitivement enterré tout avenir politique pour les Arméniens, Mesrop s'est démené comme un beau diable pour accélérer l'obtention de leur visa.

Le passeport en cuir brun, gravé de l'étoile et du croissant de la Grande Assemblée nationale de Turquie, a été émis le 16 août 1923, au nom de Mesrop Couyoumdjian, fils de Garabed, né à Alexandrette en 1898, domicilié à Constantinople Orta Keuy.

À la rubrique « Signalement », il est écrit : « Taille : moyenne, visage : rond, teint : brun, cheveux : châtains, yeux : clairs, nez : régulier, bouche : *idem*, moustache : mince, barbe : rasée. »

À la rubrique « Identité des accompagnateurs du porteur du passeport », il est écrit : « Aravni, sa femme, née en 1898 à Alexandrette, âge : 25. » L'employé des passeports a simplifié en inscrivant la même année et le même lieu de naissance au mari et à la femme. Aravni en a été contrariée. Elle n'est pas née à Alexandrette, dans ce coin de paysans, elle est née dans une grande et belle ville du nord, près de la mer Noire. Mais elle n'a rien osé dire.

Sur la page suivante, il y a le précieux visa du Consul général de France à Constantinople : « Bon pour se rendre à Marseille pour s'y installer », signé le 18 août. Face au visa, le tampon du chef de la section française du Contrôle interallié des passeports en Orient autorisant le départ pour la France, signé le 22 août.

À la toute dernière page, sous la signature du chef de la quatrième section de la police, est agrafée la photo officielle de Mesrop et Aravni, gravée du croissant et de l'étoile. À gauche, Mesrop, menton en avant, regard direct, costume sombre, fine cravate noire et chemise blanche. À droite, Aravni, le visage flou et allongé, les cheveux ondulants bien aplatis par la brosse à cheveux, pull en maille avec col à rayures, l'air perdu, presque inquiet.

Le trajet dure huit jours. Ils arriveront à Marseille le 5 septembre. La sirène du *Phrygie* retentit pour appeler à l'embarquement de la troisième classe. À partir de maintenant, ils sont des apatrides et ne pourront plus jamais remettre les pieds en Turquie. Sur le passeport, il est noté à l'encre violette à côté du nom de Mesrop : « Ne peut retourner. »

riantes. Elle tend à la préposée aux postes son formulaire et, très concentrée, la regarde compter devant elle les billets et les pièces. Elle fait ensuite disparaître la somme d'argent dans son porte-monnaie. Puis elle approche sa tête de l'hygiaphone et rappelle la préposée.

— Matmazelle !

La demoiselle est plongée dans ses tiroirs. Elle n'entend pas.

— Matmazelle ! Ma grand-mère hausse la voix.

La demoiselle redresse la tête, étonnée.

— Matmazelle ! Prrrends, pourrr vous !

Et, accompagnant son geste d'un large sourire connivent, elle lui fait passer un billet à travers le guichet. La préposée sourit d'un air gêné.

— Non, madame, merci. Ce n'est pas la peine.

Ma grand-mère ne bouge pas. En aucun cas la réponse de la demoiselle des postes ne signifie pour elle un refus. C'est une formule de politesse. On doit toujours commencer par refuser. Cela prouve que cette jeune femme est bien éduquée.

Elle sourit chaleureusement et, d'un air entendu, pousse de nouveau le billet vers la postière.

— Matmazelle, merrrci !

La préposée, embarrassée, jette un coup d'œil à ses collègues qui, au son de la voix de ma grand-mère, ont tous tourné la tête. Pas question pour elle d'être surprise en flagrant délit de tentative de corruption de fonctionnaire. Elle fronce les sourcils, hausse la voix :

— Non, non, madame, ce n'est pas la peine, reprenez votre billet.

Ma grand-mère examine rapidement la situation. Elle n'aurait pas dû élever la voix, maintenant les collègues ont les yeux braqués sur elles ; ils sont jaloux et la demoiselle ne peut plus empocher l'argent. Quelle erreur. Elle aurait dû rester discrète... Elle fait mine de reprendre le billet.

La préposée, soulagée, attend poliment qu'elle s'en aille pour appeler le client suivant. Ma grand-mère trifouille dans son sac en prenant son temps. Elle voit les collègues reprendre leur travail. Rapidement, elle pousse de nouveau le billet bien profondément de l'autre côté du guichet et disparaît, non sans avoir jeté un regard triomphant à matmazelle.

Sur le trottoir, mon frère tente de lui expliquer, pour la centième fois et avec diplomatie, qu'on ne peut pas donner de billets aux employés de la Poste, que cela les met dans une situation embarrassante. Ma grand-mère explose :

— *Toun intch kidèss !* (Qu'est-ce que tu en sais, toi !)

Ce n'est tout de même pas son petit-fils qui va lui apprendre comment mettre dans sa poche les agents de l'administration. Tss, tss... Elle se penche vers lui et lui explique très sérieusement :

— Tu as vu, j'ai bien enfoncé le billet pour que le client d'après ne le récupère pas.

Elle se félicite de son savoir-faire. Le mois prochain, ils se bousculeront tous pour la servir et aucun n'aura la tentation de la voler sur le montant de sa retraite.

Ils repartent vers la rue Dieu. Elle marche d'un bon pas, satisfaite de sa journée, son bras fermement accroché à celui de mon frère. Elle vient de lui glisser un billet dans la poche.

LES CHATS

Cet été-là, nous faisons un camp scout dans la Sarthe, sur un terrain prêté par la famille de ma meilleure amie arménienne, Séta.

Le scoutisme, vivement encouragé par mon père qui fut lui-même scout dans sa jeunesse, est pour moi un espace de liberté rare dont je profite avec jubilation.

Mon père, qui contrôle nos sorties avec sévérité, devient de façon comique relativement confiant dès que nous sommes dans le cadre d'une association arménienne.

Je suis éclaireuse. Je côtoie des garçons (ô joie), je dresse les tentes, je plante les piquets, je coupe le bois, j'allume le feu (papier sec, brindilles, petites branches, bûches…), je fais chauffer la marmite, je lave à l'eau froide les gamelles grasses, je me perds avec mes camarades dans des jeux de piste interminables à travers bois, je me lave au point d'eau glacée avec mon savon Lux enfermé dans son porte-savon en plastique rose. La nuit je dors dans la tente des filles, toujours à côté de Séta, avec qui nous partageons un nombre incalculable de fous rires idiots, enroulées dans nos sacs de couchage humides, dans l'odeur des chaussettes sales, la tête appuyée à notre sac à dos en toile brune et sangles de cuir, la lampe de poche toujours à portée de main, au cas où une bête surviendrait ou, qui sait, en cas d'attaque surprise des garçons.

Je savoure mon bonheur.

La mère de mon amie s'appelle Aïda. Son frère, Ara, est le parrain de mon frère. Ma grand-mère a joué les entremetteuses pour le mariage de leurs parents. Les familles se sont toujours fréquentées, en attestent des photos de vacances pendant la guerre, dans une auberge de Beaufort-en-Vallée, à côté d'Angers, où mon grand-père et ma grand-mère posent avec les parents d'Aïda. Ma grand-mère, la poitrine comprimée dans une robe à col blanc, les cheveux crantés en hauteur dans un louable effort de sacrifier à la mode capillaire des années quarante. Mon grand-père, veston ouvert et cravate en biais, menton en avant, défiant presque l'objectif.

J'aime beaucoup Aïda. C'est une femme toujours souriante et généreuse. Elle élève sa fille à l'arménienne : elle lui fait porter une culotte sous sa chemise de nuit.

Pendant que nous faisons les scouts dans le champ du haut, Aïda invite ma grand-mère à la rejoindre pour passer quelques jours avec elle et son mari, Vahé, dans leur maison de campagne en contrebas. Cette perspective comble ma grand-mère de bonheur. Elle aime la nature, les fleurs et l'ombre des arbres. Elle a transformé son grand balcon du cinquième étage rue Dieu en mini-jardin, qui devient son royaume dès l'arrivée des beaux jours. Elle s'y affaire l'arrosoir à la main, ses jambes robustes penchées vers les pots de terre, saluant d'une exclamation ravie la venue des bourgeons, l'éclosion des boutons de rose et de géranium, la progression de la menthe et de l'aneth dans leurs bacs et l'ascension courageuse du lierre s'engouffrant dans les interstices de la rambarde en fer forgé. L'idée de cette escapade champêtre, auprès d'Aïda qu'elle affectionne, à proximité de ses petits-enfants s'ébattant dans un camp scout arménien, peut ressembler à une parfaite idée du bonheur.

Entre deux corvées de bois ou d'eau, je l'aperçois parfois furtivement (je ne suis pas censée « déserter » le camp), assise sous le feuillage des chênes, gazouillant d'aise avec Aïda, cassant des noix et grignotant des graines de tournesol.

Un matin, alors qu'elle se lève tôt pour préparer le petit déjeuner, Aïda découvre ma grand-mère assise dans la cuisine, en robe de chambre, livide.

Elle s'inquiète, la presse de parler. Ma grand-mère a du mal à s'exprimer. Elle a l'air terrifiée.

— Est-ce que vous avez entendu les bêtes cette nuit ?

Aïda acquiesce. Oui, effectivement, des bêtes se sont battues sous les fenêtres de la maison. Elle ne pourrait pas dire lesquelles. Peut-être des chats. Ils poussaient des cris de bestioles qui s'étripent. Ma grand-mère est agitée.

12, RUE MAZAGRAN
Marseille 1927

Aravni sent la petite main tiède de Vram lui échapper. Il s'engouffre dans l'escalier qu'il descend à toute allure. Trois marches avant le palier du deuxième étage, il s'immobilise. Ses mollets ronds bien serrés l'un contre l'autre, il s'accroche aux barreaux de la rampe et se prépare à lancer son premier cri de guerre :

— Didi bonbon !

Aravni ne supporte pas qu'il touche les barreaux, ni d'ailleurs les murs, les portes, tout est crasseux, graisseux, cet hôtel est immonde, à la première occasion il faudra partir. Dès qu'ils auront mis un peu d'argent de côté.

Une douleur insupportable lui déchire les entrailles. Elle se plie en deux en étouffant un cri. Ça n'arrête pas depuis ce matin et c'est de pire en pire. Elle observe rapidement le couloir. Personne ne l'a vue. Tant mieux, pas le moment de répondre aux questions des voisins. Elle se redresse lentement, se recompose : la taille droite, les seins en avant mais pas trop. Elle passe sa main sur son front et ses joues. Elle a chaud, son cou et ses tempes sont humides, pourtant, on est en octobre, le mistral souffle depuis plusieurs jours et la température a baissé. Il faudrait un manteau à Vram. Il a trois ans maintenant, celui de l'année dernière est vraiment trop petit, peut-être que je pourrais le donner aux dames du Comité de bienfaisance en échange d'un autre, plus grand.

— Didi bonbon !

Le cri retentit pour la deuxième fois. Et cette fois, c'est la bonne. Une porte s'ouvre à l'extrémité du palier et une femme passe la tête en souriant. Elle n'a pas d'âge, pense Aravni, comme tant de femmes qui ont échoué ici après les massacres. Elles sont vieilles avant d'avoir été jeunes, elles flottent dans leur vie comme dans des vêtements trop grands, chaque jour est un cadeau empoisonné, un piège à souvenirs ; même la fièvre de Marseille, tour de Babel pleine à craquer d'exilés, de voyageurs, d'escrocs et d'aventuriers de toutes les couleurs, ne réussit pas à les distraire de la maladie de leur âme trop pleine du vide de ceux qui manquent.

Une seule personne peut rendre le sourire à Diguine Varténi, c'est Vram. Dès qu'il a vu apparaître son visage, il a penché malicieusement la tête sur le côté et lui a décoché son sourire enjôleur de petit prince adoré, sûr de son charme et de son pouvoir.

Mon Dieu, que j'aime cet enfant, pense Aravni. Plus que ma vie, plus que moi. Ses cils noirs et ses bras dodus et ses joues tendres qu'elle couvre de baisers. Et ses mains qu'elle lave frénétiquement au savon plusieurs fois par jour, affolée par la saleté de l'hôtel et toutes les maladies qui s'y nichent. Il ne faut pas tomber malade. Pas d'argent pour les médecins et les médicaments. Pas d'argent pour rien.

— Didi bonbon !

Aravni fait semblant de gronder son fils.

— Ce n'est pas Didi, c'est Diguine Varténi. Tu fais exprès. Tu le sais très bien.

Lorsqu'il commençait à trottiner et à babiller, Vram a baptisé Diguine Varténi (madame Varténi), Didi. Et Didi bonbon est l'hommage en cri d'allégresse qu'il destine à celle qui lui a fait découvrir ces confiseries inouïes.

— Didi bonbon !

Varténi s'approche en souriant de Vram toujours agrippé à ses barreaux. Elle porte une robe noire sous un tablier rapiécé. Quand elle rit, elle a l'air si jeune, pense Aravni. Si elle n'avait pas les cheveux gris...

Varténi habite avec sa sœur et leurs deux cousines dans la chambre 6. Elle a perdu son mari et ses deux enfants pendant les massacres. Elle sait qu'elle ne se remariera pas. Son souci est de trouver un mari pour sa jeune sœur, Anaïde. Elle a déjà vingt et un ans, il ne faut pas tarder. Il y a bien Garabed, qui lui tourne autour, mais il est trop moche. Et puis c'est un paysan. Il fait le journalier pour les récoltes, ça paye correctement, mais ça épuise. Combien de temps va-t-il tenir ? Il lui faut quelqu'un de plus malin. Qui monte un petit commerce. En tout cas, il faut qu'elle parte. À quatre dans la chambre, c'est intenable.

Et les deux autres sont trop jeunes, pas près de quitter le nid.

Elle se campe au pied des marches devant Vram.

— Quel joli petit garçon ! Mais est-ce qu'il sait sauter les marches ? Est-ce qu'il est fort, ce petit garçon ?

— Oui, oui, je suis fort, hurle Vram, qui connaît le jeu par cœur.

— Ah, mais on va voir. Je vais compter jusqu'à trois et à trois, tu sautes, d'accord ? Est-ce que tu sais compter jusqu'à trois ?

— Oui, je sais. Même jusqu'à cinq !

— Très bien. Prêt ? *Még, yergou, yérék !*

Il saute dans les bras de Varténi qui le serre contre sa poitrine en riant. Elle caresse ses boucles toutes douces, sa peau fraîche. Il porte une culotte et un maillot impeccablement propres. Je n'ai jamais vu une mère s'occuper comme ça d'un enfant, se dit Varténi. Elle le fait briller comme une pièce en or. Elle a tort : il ne faut pas le gâter. Dehors, la vie est dure. Un carnage.

— Mon bonbon !!

— Demande-le correctement, ordonne Aravni qui prend un air sévère.

— S'il te plaît, Didi, un bonbon...

Il se blottit contre la joue de sa Didi et la câline en surveillant du coin de l'œil la poche de son tablier.

Varténi sort le bonbon enrobé de papier rouge et le lui tend avant de le déposer à terre.

— Comment vas-tu, Aravni ? Comment va Mesrop ?

— Très bien, merci, madame Varténi.

— Tu as le teint jaune, tu as l'air chiffonné. Tu es sûre que tout va bien ?

Aravni s'empourpre. Pour camoufler son trouble, elle saisit la main de Vram et bafouille :

— C'est juste un peu de fatigue, je vais marcher un peu, prendre l'air jusqu'au port, ça ira mieux.

Varténi ne répond pas. Aucune femme respectable ne sort se promener sur le port à la tombée du jour. Au moins a-t-elle l'enfant avec elle. Espérons que ça fera taire les mauvaises langues.

Aravni s'engouffre dans l'escalier, entraînant Vram qui trottine tout en jetant une dernière œillade langoureuse et reconnaissante à Didi, sa bienfaitrice. Arrivée au rez-de-chaussée, elle respire un grand coup, baisse la tête et passe à toute vitesse devant la porte de M. Mandolini.

— Heeeep !

Trop tard.

M. Mandolini est chauve, ses chemises trop petites s'ouvrent sur son ventre et chacun peut se repaître du spectacle de sa panse blanche et poilue qui dégoûte Aravni. Il parle un français truffé de mots italiens dont elle ne comprend pas grand-chose. Mais, à vrai dire, elle ne comprend pas non plus le bon français. Voilà cinq ans qu'ils sont arrivés à Marseille et elle a toujours autant de mal avec cette langue. Les seuls qui l'apprennent sont les Arméniens qui travaillent dehors. Les journaliers, les ouvriers des usines de savon, de pâtes, ceux de Cober. Les femmes sortent peu ou travaillent en chambre pour des confectionneurs. Celles qui n'ont pas d'enfant, comme Varténi et sa sœur, peuvent prendre du travail dans les filatures de soie ou de tapis. Mais, dès qu'une femme est mère, elle ne travaille plus à l'extérieur. Ça ne se fait pas. Et qui s'occuperait du petit ?

Mesrop parle beaucoup mieux. En tout cas, il comprend tout. Et il se fait comprendre. D'habitude, c'est à lui que parle Mandolini. Mais il est à Paris depuis deux jours pour des réunions politiques arméniennes du parti Dachnak. Il devrait rentrer ce soir. Tard.

Mandolini tire sur ses bretelles, bloque le passage vers la porte de sortie et apostrophe Aravni en agitant un doigt boudiné.

— Il faut payer, vous avez compris ? *Capisco ?* Argent ! Monnaie. Ici c'est pas la Vieille-Charité. Ni la jeune, d'ailleurs !

Il rit, très content de sa blague, puis brusquement fronce les sourcils et hausse le ton.

— Tu comprends, l'Arménienne ? Pas d'argent, pas de chambre. Mais vous vous prenez pour qui ? Des étrangers comme vous qui veulent se loger, y en a plein qui attendent dehors. J'ai douze chambres dans cet hôtel, presque que des Arméniens, y en a pas un foutu de payer à l'heure. Et pourtant y en a, du monde. Ça s'entasse. Ma parole, vous aimez vivre comme du bétail. Cinq par chambre, six par chambre ! Alors estimez-vous heureux de pas payer plus...

Argent, ça, Aravni comprend. Payer, aussi. Ils n'ont pas payé la semaine dernière, ni celle-ci.

Mesrop avait juré qu'il régulariserait hier. Il ne l'a pas fait.

Mandolini a encore augmenté le prix de la chambre. Il ajuste ses tarifs en fonction des flux d'émigrants que la marée lui apporte. Il a son rabatteur au port de la Joliette, Anton, qui accueille à leur descente de bateau les pauvres hères abrutis par le long voyage, affolés de se retrouver en terre inconnue, ne comprenant pas un mot de français.

Anton parle grec, turc, arménien (un peu), russe (depuis qu'il habite au camp Victor-Hugo) et met un point d'honneur à apprendre l'anglais. Il rassure, accueille, écoute les plaintes et les périples, essaie de repérer ceux qui ont un peu d'économies et les escorte jusqu'à l'hôtel.

Au début, les autorités portuaires et les associations de bienfaisance essayaient plus ou moins d'organiser l'arrivée des émigrants et empêchaient les rabatteurs de s'approcher du troupeau. Mais, à partir de 1922, le flux d'Arméniens a tellement grossi que le maire, le préfet, le port et les dames de charité, tout le monde a été débordé. C'est là qu'Anton a commencé à rabattre. Il touche un montant fixe par famille. Pas grand-chose, mais suffisamment pour avoir un peu honte chaque fois. Il sait que Mandolini augmente les prix et s'enrichit sur la misère. Mais ils le font tous.

Et il y a pire que Mandolini. Au moins son hôtel a un point d'eau à chaque étage. Anton a besoin de cet argent. Il doit faire venir ses trois sœurs de Smyrne. Il l'a promis à son père sur son lit de mort. Dès que sa conscience le démange, il pense à ses sœurs et tout va mieux.

Vram tire sur la manche de sa mère. Mandolini lui fait peur. Il suce bruyamment son bonbon pour se donner du courage et se balance d'un pied sur l'autre. Aravni a toujours la tête baissée.

— Oui oui. Mari, mon mari... Voir demain.

Elle s'emmêle, n'y arrive pas. Elle a honte, elle le hait. Mandolini ricane.

— Ton mari, c'est un *stronzo*, il passe devant mon comptoir en se baissant, il croit que je le vois pas. Quel abruti. Je veux l'argent demain.

Il lui souffle sa mauvaise humeur sous le nez. Il pue l'alcool. Il pue toujours l'alcool.

Aravni sent de nouveau la douleur étreindre son ventre. Elle se courbe en avant, sa tête tourne. Mandolini l'observe se recroqueviller et savoure sa toute-puissance. Celle-là, elle fait toujours sa fière, à peine si elle dit bonjour, ça va lui rabattre son caquet. Aravni brusque le passage, tirant Vram derrière elle. Il la laisse partir en se grattant le ventre.

Dehors, la lumière dorée de la fin de journée et l'air frais lui font du bien. Elle se hâte, tourne dans la rue du théâtre. C'est presque l'heure de la représentation, le pavé bruisse d'hommes en costumes sombres et écharpes de soie, de femmes élégantes habillées à la dernière mode : robes courtes qui dévoilent leurs jambes, grands manteaux enveloppants de couleur claire, avec leur col châle en fourrure, rangées de perles infinies qui sautent sur leurs poitrines. Elles portent d'insolents petits chapeaux cloches sur leurs cheveux courts, si courts, pense Aravni, qui les dévore du regard. Elles se pavanent, se jaugent les unes les autres. Tout respire la vie facile, les belles maisons, les domestiques et les enfants qui grandissent sans qu'on s'en soucie. Elles nagent dans le beurre et le miel depuis qu'elles sont nées, aurait dit Marraine.

Les plus délurées ont des fume-cigarettes. Comment osent-elles fumer dans la rue, ça ne se fait pas ! Les plus vulgaires ont des yeux charbonneux et les lèvres rouge foncé, comme les femmes de mauvaise vie de la rue Lanternerie qui exhibent leur chair, assises à califourchon sur des chaises, les jambes écartées, leur combinaison relevée sur la cuisse, la bretelle tombant sur le sein.

La première fois qu'elle les a vues, Aravni était tellement choquée que son cœur s'est mis à battre comme une cloche de Pâques. Elle était avec Mesrop, ils cherchaient un nouvel hôtel. Aravni a fait demi-tour, le feu aux joues, pressant le pas comme si la débauche pouvait être contagieuse. Une fille a ricané sur son passage, ça l'a mise en colère, elle a eu envie de lui cracher à la figure, mais même mon crachat n'est pas digne de toi, ma fille. Honte à toi. Honte à toutes. Elle est sortie de la rue comme on sort des enfers, bouleversée et coupable d'avoir assisté à ce spectacle de la déchéance qu'aucune femme convenable ne saurait supporter.

— Vram ! Aravni !

Elle sursaute, comme prise en flagrant délit de mauvaise pensée. C'est Mourad, le fils des Vartanian, chambre 4 de l'hôtel. Il a une dizaine d'années, il vend des cacahuètes sur la Canebière toute la journée avec ses deux compères, Sako et Mihrane. Ils ont chacun un panier en osier attaché autour du cou par une ficelle, où sont rangés les cornets en papier remplis d'arachides qu'ils fabriquent consciencieusement chaque soir.

— Bonsoir, petit coquin.

Mourad adore Vram, il se penche vers lui, le chatouille et lui souffle dans la nuque. Vram glousse d'aise et s'empare du cornet de cacahuètes que lui tend Mourad.

— Aravni, tu viens voir Cécile Sorel ?

Il fait des mimiques en imitant l'attitude grandiloquente de la comédienne sur l'affiche.

— Si tu reviens dans une demi-heure, glisse-t-il à son oreille, après le début du spectacle, je te fais entrer par la porte de derrière. Le portier est un ami, je le fournis en cacahuètes et en raki.

Aravni ne peut s'empêcher de sourire. Ce gosse a les yeux bien ouverts, sûr qu'il se débrouillera toujours dans la vie.

— Arrête de dire des bêtises, Mourad. Ne rentre pas trop tard, ta mère n'aime pas quand tu traînes.

Mourad est déjà reparti dans la foule.

— Trente centimes ! Cacahuètes, trente centimes le cornet, pour vous, belle madame ! Trente centimes, beau monsieur !

Aravni s'immobilise brusquement. Cette fois, la douleur irradie son corps tout entier.

Des aiguilles lui déchiquettent le ventre. Elle manque d'air. Elle sent le liquide chaud et visqueux lui couler entre les jambes. Sa tête tournoie. Elle cherche un appui, n'en trouve pas. Elle voit le bleu du ciel, l'affiche du théâtre avec la belle Cécile Sorel qui a l'air de lui tendre les bras. Puis c'est le choc des pavés contre son corps qui s'écrase à terre. Et, soudain, un calme immense.

*
* *

— Aravni, n'aie pas peur, ma colombe, tu es dans ta chambre et je vais m'occuper de toi. Quelle frayeur tu nous as faite. Tu saignais tellement que j'ai dû t'allonger sur des journaux. Je crains que tu ne sois en train de perdre un bébé. Tu étais enceinte, c'est ça ?

Aravni ouvre un œil. Elle est étendue dans sa chambre, la robe relevée jusqu'à la ceinture, ses bas tachés roulés en boule au pied du lit, à côté de ses vieilles bottines à lacets. Varténi lui a glissé des linges dans l'entrejambe. Elle est assise sur un tabouret à son chevet. Sur la table, contre la fenêtre, elle distingue un cornet de cacahuètes à moitié vide... Vram, où est Vram ?

Comme si elle lisait dans ses pensées, Varténi reprend :

— Vram est dans ma chambre avec Anaïde, elle va lui donner du pain et de la soupe. Ne t'inquiète pas. Mourad t'a vue faire ton malaise, il est venu me chercher en courant. Une chance pour toi qu'il ait été là.

Aravni a soif. Elle a mal au ventre, la douleur va et vient comme un marteau sur un clou. Elle voudrait être dans un vrai lit avec des draps blancs, comme à Amassia. Elle voudrait sa mère. Elle voudrait la tisane d'anis étoilé qu'elle lui montait dans une tasse de porcelaine quand elle était indisposée et qu'elle passait de longues heures indolentes volées à l'effervescence de la maison, seule, couchée avec ses livres.

— Écoute, ma colombe, tu as les jambes glacées et la tête brûlante, et tu perds trop de sang. Cette histoire ne va pas s'arrêter comme ça. J'ai envoyé Mourad chercher le docteur Aslanian. Il est au camp Victor-Hugo aujourd'hui. Il ne devrait pas tarder.

Il ne faut pas que je me plaigne, pense Aravni. Je ne suis pas une mauviette. Je suis une femme courageuse. Tout le monde dit que je suis une femme courageuse. Varténi est encore plus courageuse, elle a perdu deux enfants, ils les ont jetés dans la citerne pleine de corps emmêlés puis ils ont jeté la citerne dans l'Euphrate. Ils sont morts. Mais pas elle. Elle est forte. Moi aussi, je suis forte. Je ne vais pas pleurer. Et puis c'est ma faute si j'ai mal. Et si je meurs, c'est juste que Dieu m'aura punie de ce que j'ai fait. Je le savais, que Dieu me punirait d'une manière ou d'une autre. Mais j'espérais qu'il regarderait ailleurs. Pour une fois...

— Pardon, mon Dieu, murmure-t-elle presque malgré elle.

182

Varténi lui saisit la main.

— Pourquoi Dieu t'en voudrait, ma colombe ? Tu délires. Bois un peu d'eau.

Elle entend trois coups frappés à la porte, puis la voix claire de Mourad :

— J'ai trouvé le docteur !

Varténi se lève et va ouvrir.

— Merci, Mourad. Que Dieu te garde. Laisse-nous, maintenant.

Le médecin s'approche du lit. La chambre est petite, il cherche où poser son chapeau, sa serviette. Aravni remarque le beau tissu de laine de son pantalon, la chemise blanche dont il retrousse les manches, ses chaussures qu'on devine bien cirées sous la poussière de la journée. Le docteur Aslanian n'est pas un réfugié. Sa famille, des négociants en huile d'olive, s'est installée à Marseille il y a plus de soixante ans. Face à l'afflux des réfugiés et à l'état sanitaire déplorable des camps d'accueil, il a décidé de consacrer ses journées à soigner bénévolement les nouveaux immigrants. Varténi l'a rencontré à son arrivée en 1922, au camp Oddo, le plus insalubre de tous, qui a fermé depuis.

— Madame Varténi, je voudrais voir votre amie seule pour l'ausculter.

— Bien sûr, docteur. Il y a une cuvette d'eau et des linges au pied du lit, et si vous avez besoin de quoi que ce soit, je suis juste à l'étage en dessous.

Elle ferme la porte délicatement, comme si la malade dormait.

Le docteur Aslanian regarde Aravni dans les yeux.

— Qui avez-vous vu ? demande-t-il doucement

Aravni reste muette.

— Dites-moi ce qu'on vous a fait. C'est important. Dites-moi la vérité. Je suis médecin, Aravni. Un médecin, c'est comme un prêtre, ça ne répète rien à personne. Ni aux voisins, ni à la police.

Aravni répond enfin. Sa voix est un filet aigrelet qui a du mal à sortir de sa gorge.

— Je ne sais pas, je crois que je fais une fausse-couche.

Il lui prend la main, ausculte son pouls. Trop rapide.

— Je ne crois pas, Aravni. Vous avez voulu vous débarrasser du bébé, c'est ça ?

Aravni sent l'air lui manquer. Elle se met à pleurer.

— On n'a pas d'argent, docteur, j'ai déjà un petit garçon, il a trois ans, comment je vais faire ? Mon mari travaille, mais...

Il la coupe.

— Je ne suis pas là pour vous juger, je veux vous aider. Où avez-vous fait ça ?

Aravni se tait. La faiseuse d'ange lui a fait jurer sur la tête de son fils de ne jamais donner son nom ni son adresse, et si elle la dénonçait, de toute façon, elle aussi irait en prison, et même les médecins de l'hôpital, il ne faut pas leur parler, ce sont des hypocrites, ils travaillent avec la police. Depuis la fin de la guerre, les peines sont devenues très sévères pour les avorteuses.

184

C'est la femme d'Anton, Eugénie, qui servait d'intermédiaire et lui traduisait tout. Un jour, devant l'hôtel, Aravni l'a entendue parler avec la blanchisseuse de la rue de la Fare. Lorsqu'elle est partie, Eugénie lui a dit : « C'est le troisième qu'elle fait passer. » Aravni a compris. Elle-même a allaité Vram jusqu'à deux ans. La bonne-sœur, à l'hôpital de la Miséricorde où elle a accouché, expliquait aux femmes que, tant qu'elles allaitaient, elles ne risquaient pas de tomber enceintes. Oui, mais après ? Les hommes ont beau dire qu'ils font attention, ils ne font pas attention. Le plus simple serait d'arrêter complètement. À elle, en tout cas, ça ne manquerait pas. Mais Mesrop ? Est-ce qu'une femme a le droit de se refuser à son mari ? Sûrement pas. Mais quand on est si pauvres ?

« Elle a peur que tu la dénonces. Le mois dernier, ils en ont arrêté une, cours Julien, on l'a plus jamais revue. » Aravni a fait remarquer qu'elle ne risquait pas de la dénoncer, vu qu'elle ne connaissait pas son nom, seulement son surnom, Traverse Mère de Dieu, ce qu'elle avait trouvé assez sacrilège mais finalement cocasse, avant de comprendre qu'il s'agissait du nom de la rue à proximité de son domicile, un moyen commode de la situer sans la nommer. Elle a promis, juré et elle a payé.

Le docteur Aslanian change de tactique.

— Il y a une femme qui fait ça, au camp Victor-Hugo. J'en viens et j'ai pu constater les ravages. C'est une criminelle, elle ne sait même pas comment s'y prendre, elle fait payer vingt francs, elle fait sa boucherie et ensuite on nous appelle, mais il est trop tard. Dans les camps, les infections galopent.

Aravni n'ose pas dire qu'elle a payé vingt francs, elle aussi. Ses dernières économies. La Mère de Dieu a pris l'argent, puis elle a fait son affaire, il y avait du sang sur la table, sur le banc, Aravni pleurait silencieusement en mordant sa manche et en priant Dieu de la protéger, cette fois encore.

Elles étaient dans la cuisine. La femme avait chassé ses enfants de la pièce. Aravni les entendait rire dans la cour. Elle s'est demandé si faiseuse d'anges était une profession qu'on se transmettait de mère en fille, comme coupeur de feu ou rebouteux ou même marieuse. Puis elle l'a vue se laver les mains avec du savon avant de lui introduire le cylindre écarteur et l'aiguille entre les jambes. Ça l'a rassurée. Aravni a la religion du savon.

— Remarquez, continue le médecin, rien n'est pire que ce que j'ai pu voir au camp Oddo au début. Pauvres gens : ils ont vécu l'enfer, ils ont échappé aux Turcs, à la faim, à la soif, ils arrivent ici et finalement ils meurent de tuberculose ou de diphtérie, contaminés par les gens du camp. C'est une honte. J'avais dit au maire de prendre des mesures. On n'est plus au Moyen Âge, tout de même. Nous sommes une nation de progrès, une nation civilisée. C'est un socialiste, après tout. Un humaniste. Vous savez ce qu'il m'a répondu ?

Aravni se laisse bercer par sa voix. Tant qu'elle n'a pas à donner le nom de Traverse Mère de Dieu, elle est prête à l'écouter aussi longtemps qu'il voudra. Il a une belle voix, les yeux brillants quand il parle et que la passion l'anime. C'est un rêveur, un homme qui veut changer le monde, qui croit à l'avenir. Il lui rappelle Mesrop quand il prend la parole et que brusquement le silence se fait, parce que personne ne résiste à la magie des mots qui réparent et donnent du courage. Elle sait parfaitement ce que le maire a répondu : elle a déjà entendu l'histoire de la bouche de Mesrop des dizaines de fois. Mais elle laisse le docteur parler. Les hommes ont besoin qu'on les laisse parler. Elle secoue la tête.

— Il m'a répondu que ce sont les Arméniens qui amènent la variole, le typhus et la peste, et tous les germes de la planète, qu'ils sont réfractaires à l'hygiène, qu'ils se complaisent dans leur crasse et leur paresse, dans leurs bidonvilles. Que leur indolence est congénitale et qu'il faut les renvoyer d'où ils viennent. La peste ! Non mais vous vous rendez compte de ce qu'il a osé dire ? La peste ! Et pourquoi pas Belzébuth et ses légions à fourches ? Et le pire, c'est que ce grand homme, ce Flaissières, c'est un médecin, madame Aravni, comme moi. Comment peut-il dire que les Arméniens amènent la peste...

Aravni ne répond rien. Mesrop dit que Flaissières parle ainsi pour plaire aux Marseillais qui ne supportent plus les étrangers. Et qu'ici les maires sont élus, c'est la démocratie, c'est la liberté, et que si tu veux te faire élire, il faut plaire et dire ce que les gens veulent entendre. Alors il l'a dit et l'a imprimé dans le journal *Le Petit Provençal*.

Le pire, c'est que le préfet lui a répondu sur le même ton, que c'était un vrai problème pour la ville, que la pauvreté faisait des Arméniens des délinquants et que par ailleurs c'était une main-d'œuvre très peu appréciée des entreprises. Aravni avait été très vexée qu'on prenne les Arméniens pour des paresseux. Bien sûr, ceux qui refusent de partir à Valence faire les récoltes parce que c'est très mal payé, ceux-là, on peut les critiquer. La vérité, c'est qu'ils ne veulent pas être séparés des leurs. Dans le fond, on les comprend. Ils ont déjà perdu leur famille une fois. Ils ne veulent pas la perdre une deuxième. Mais tous les autres, ils travaillent. Moins payés que les Français. Onze heures par jour, parfois douze.

Le docteur Aslanian considère pensivement le maigre mobilier de la pièce, le linge qui sèche, épinglé sur un fil contre le mur, le réchaud Primus sur lequel est encore posée une casserole pleine de riz et d'oignons. La valise usée où sont entassés les vêtements, les manteaux accrochés aux clous. Une spectaculaire pile de journaux arméniens fait la sentinelle au pied du lit. Celui du dessus s'appelle *Haratch*.

— Je vais vous donner une poudre à boire trois fois par jour. Ce sont des sulfamides. La fièvre devrait tomber rapidement et les douleurs aussi. Dans deux jours, je repasse. Et si tout va mieux, dans quelques jours vous viendrez me voir au dispensaire. Il faut que je vérifie l'intérieur... si tout va bien, enfin... si rien n'a été abîmé. Si jamais la fièvre augmente, vous envoyez le gosse me chercher. Et je vous emmène à l'hôpital.

Ah non, pense Aravni, pas l'hôpital. Là-bas je vais mourir. Et qui va s'occuper de Vram ?

Le docteur a sorti de sa mallette des sachets de poudre qu'il pose sur la table. Aravni lui agrippe la main :

— Docteur... S'il vous plaît. Pas un mot. Je ne veux pas que les voisins soient au courant. Même mon mari, je ne lui en ai pas parlé. C'est un péché terrible. Si on m'avait dit qu'un jour je ferais une chose pareille. J'ai vu tellement d'enfants mourir. Et j'ai tellement rêvé d'en avoir. Plus tard, j'en aurai d'autres. Mais aujourd'hui, vous voyez, je ne sais même pas comment je vais remplir l'assiette du petit. J'ai donné tout ce qui me restait pour faire passer le bébé. On n'a pas payé la chambre, l'Italien va nous renvoyer.

Elle parle rapidement. L'émotion fait perler des larmes au ras de ses cils. Tant mieux, certains hommes sont sensibles aux larmes des femmes, pense-t-elle, il va avoir pitié de moi. Il faut qu'il ait pitié de moi. C'est un Arménien de bonne famille, s'il dit que c'est une fausse-couche, on le croira.

Aravni serre un peu plus fort la main du docteur Aslanian. Elle se sent reliée à un cordon protecteur et bienveillant. Il va protéger ma réputation. Il sait que lorsqu'on n'a plus rien, on est seulement riche de sa respectabilité et de son honneur. On peut revenir de l'enfer, de la mort, de la faim qu'on trompe en mangeant de l'herbe accroupie comme une bête, on peut revenir de la malaria, du typhus, on ne se remet pas d'être une mauvaise femme.

Vram aura une mère digne, honorée, respectée, dont on dira : « Quelle femme exceptionnelle, courageuse, bien éduquée, elle souffre sans jamais se plaindre, une femme de qualité, une authentique femme arménienne... » Elle veut que partout où il ira, il entende ses louanges, que personne, jamais, n'ose ou ne puisse la critiquer publiquement sur sa conduite, son honnêteté. Une femme irréprochable. Et sûrement pas une femme qui aura pratiqué un avortement clandestin sans le dire à son mari.

Le docteur Aslanian lui détache doucement la main. Il verse un peu d'eau dans un verre posé sur la table, dilue la poudre consciencieusement et lui tend le verre. Elle se redresse et boit d'abord à petites gorgées, puis rapidement. C'est amer, c'est infect.

— N'ayez pas peur, madame Aravni. Je ne sais même pas de quoi vous me parlez. Vous avez fait une fausse-couche, je vais aller l'expliquer à votre amie Varténi, et si votre mari est là quand je reviendrai, je lui expliquerai aussi.

Il enfonce son chapeau, ouvre la porte et ajoute, au moment de franchir le seuil :

— Promettez-moi de ne jamais recommencer. Vous savez, vous auriez pu mourir. Et la médecine ne peut pas tout.

— C'est promis, docteur, murmure Aravni, tellement soulagée qu'elle pourrait se mettre à pleurer.

Mais non, c'est idiot, on ne pleure pas.

Elle se retourne dans le lit, épuisée, et sombre dans un sommeil opaque.

*
* *

Elle se réveille en sursaut au bruit de la porte qui s'ouvre.

Pourtant, Mesrop a fait attention. Mme Varténi lui a recommandé d'être patient, gentil et attentionné. Une fausse-couche, c'est toujours triste et perturbant pour une femme. Vous deviez vous faire une telle joie, n'est-ce pas ?

Mesrop n'a pas osé dire qu'il n'était pas au courant. De quoi aurait-il l'air ? Il a remercié Varténi, il a embrassé Vram qui dormait sur le lit de la voisine, roulé en boule, sa bouche entrouverte écrasée sur sa main et un filet de bave faisant le ciment entre les deux. Ce soir, il dormira chez elle. Aravni est fatiguée. Il faut qu'elle se repose et surtout qu'elle prenne la poudre laissée par le docteur. Il a insisté, tu entends, Mesrop ?

Il s'approche du lit, embarrassé. C'est très gênant, que faut-il dire ? Aravni ne dort pas, elle est pâle et le fixe intensément. C'est elle qui prend la parole :

— J'ai fait une fausse-couche. Je ne t'avais pas dit que j'étais enceinte, je te demande pardon, je voulais te faire la surprise plus tard. Je vais me remettre, ce n'est pas grave.

Elle esquisse un sourire qu'elle veut rassurant. Je suis une brave petite femme courageuse. Mesrop a son bon regard chaleureux. Il ne se doute de rien. Pourquoi se douterait-il de quelque chose ?

— *Andsadz ella* (Que ce soit derrière toi), marmonne-t-il machinalement.

Il n'est pas sûr que cette formule passe-partout de prompt rétablissement soit appropriée aux circonstances, mais il n'a rien trouvé d'autre. Pour se rattraper, il tente :

— Ne sois pas triste, nous aurons d'autres enfants. Varténi dit que les femmes ont souvent des fausses-couches et que ça n'est pas un drame.

Aravni tend le verre vide à Mesrop pour qu'il le remplisse d'eau. Elle a froid. L'automne est déjà là. La chambre est humide, le soleil y pénètre rarement. Il faut vraiment trouver un nouveau manteau à Vram. Et une autre couverture. Elle répond d'une voix presque dure.

— Mesrop, je ne suis pas triste. La vérité, Dieu me pardonne, est que je suis soulagée. Une bouche de plus, alors que nous n'avons pas d'argent, ce serait de la folie. Mandolini m'a réclamé le loyer. Est-ce que tu as pu le payer ?

Mesrop se ferme. Aravni a son regard qu'il n'aime pas. Accusateur. Les femmes ne sont pas censées demander des comptes aux hommes. Elles doivent les soutenir. Il parle bas pour montrer sa réprobation.

— Ce n'est pas facile. J'ai demandé à Lévon Chanth qu'il me paye mes retards de salaire, mais il n'a toujours pas reçu d'argent de Paris...

192

Il se racle la gorge et décide de porter l'estocade finale.

— Aravni, l'école a fermé. Un inspecteur est venu et a fait un rapport pour dire qu'elle n'était pas réglementaire. Ils vont replacer les cent cinquante élèves dans les écoles communales. C'est fini. Pour moi, pour Nevart, pour Azad. C'est fini...

L'école arménienne de la rue Stanislas-Torrents avait été créée par Lévon Chanth en 1924. Lévon était un écrivain et un homme politique qui avait occupé des fonctions dans l'éphémère République indépendante d'Arménie de 1918 à 1920. À Marseille, il était devenu un membre influent de la communauté et un responsable du parti Dachnak. Les partis politiques présents dans l'Empire ottoman s'étaient reconstitués ainsi que les associations compatriotiques qui regroupaient les Arméniens d'une même région. Leur obsession commune était de protéger l'identité et la langue arméniennes. Les écoles de fortune étaient légion, animées par des bénévoles et bien sûr par l'Église, tant, pour les Arméniens, le mélange entre la religion, la culture et la langue est inextricable.

Le projet d'école de Lévon Chanth était ambitieux. Un véritable enseignement mixte, arménien et français ; sa grande fierté était d'avoir conduit dix jeunes candidats arméniens au certificat d'études en 1926, alors que les adolescents ne parlaient pas un mot de français trois ans auparavant.

Mesrop enseignait aux enfants. Il en était heureux car il répugnait beaucoup au travail manuel. Il avait bien dû s'y plier, comme les autres, à leur arrivée en 1923. Les raffineries de sucre Saint-Louis embauchaient, mais ce fut un cauchemar : les conditions de travail étaient si dures que Mesrop en était indigné. Dans les ateliers, les contremaîtres faisaient exprès de mélanger les nationalités entre elles : les Arméniens, les Espagnols, les Turcs, les Italiens, les Russes. Du coup, personne ne communiquait et cela limitait toute tentative de se syndiquer.

Ensuite, il avait travaillé chez Tigrane, l'imprimeur. Mesrop y voyait un double intérêt : il faisait imprimer le journal arménien qu'il avait créé, *Darakir*, et il gagnait sa vie. Mais les affaires n'allaient pas fort pour Tigrane ; il avait dû débaucher et Mesrop était parti à regret.

Ceux qui s'en sortaient le mieux étaient les ouvriers spécialisés qui avaient déjà un savoir-faire, un « vrai métier », comme disait Aravni : charpentiers, électriciens, menuisiers. Chez Cober, pour le matériel roulant, ils embauchaient des hommes qualifiés. Mesrop n'avait aucune des qualifications requises. Il aurait bien aimé travailler avec Margossian, qui était photographe ambulant, mais les essais n'avaient pas été concluants. Margossian voulait un associé qui lui ramène de la clientèle, or Mesrop n'avait pas le sens pratique, et il passait trop de temps dans ses réunions politiques et dans ses voyages à Paris. Il était membre de l'Union nationale arménienne, qui s'occupait notamment des relations entre les réfugiés et les autorités françaises.

Lévon Chanth avait promis à Mesrop un « vrai salaire ». Au début, il l'avait touché. Grâce aux interventions à Paris de l'évêque Balakian, homme d'Église très actif et dévoué, l'école avait trouvé des bienfaiteurs. Mais même Balakian n'arrivait plus à récolter de fonds.

Aravni sent une immense fatigue s'abattre sur ses épaules. La vie ne lui laisse jamais de répit. Avant, tout était si simple. On s'inquiétait parce que la vigne avait moins donné cette année, parce que le ver à soie avait une maladie et qu'il fallait aller rapidement à Sivas commander ce traitement dont Hagop avait entendu parler dans un journal d'agronomie et qui permettait de faire des économies incroyables. Hagop avait la passion des inventions. « On doit travailler avec des outils et des machines modernes. Nous ne sommes plus au XIXe siècle ! Le monde change ! »

Il ne faut pas penser à la vie d'avant, c'est du poison. Méliné disait toujours : « N'en parle pas, n'y pense pas et, à force, ta mémoire se fatiguera et tu ne t'en souviendras plus... »

Depuis treize ans, songe Aravni, je passe ma vie à fuir, à trembler, à avoir peur du lendemain. Et cet homme qui ne sait pas se trouver du travail... Il dit qu'un intellectuel ne peut pas être un travailleur manuel. Mais, ici, il faut gagner son pain et arrêter de prendre des grands airs. On doit mériter la France. On nous a accueillis, c'est une chance. Il faut être discrets et montrer qu'on est courageux.

Mesrop ne sait pas s'il préfère quand Aravni fulmine ou quand elle se tait. Son silence est comme une arme blanche. Une pointe en métal qui creuse son foie. Il poursuit :

— Demain, je vais aller faire le tour des fournisseurs et des ateliers. Il paraît qu'ils embauchent aussi aux usines de savon.

Aravni le coupe.

— Après ce que tu as fait à Saint-Louis, ils ne t'embaucheront pas au savon. Tu le sais très bien.

Mesrop ne supporte pas ce ton de donneuse de leçons. Quel sale caractère. Jamais au pays une femme n'aurait parlé comme ça.

— Je veux bien être un ouvrier si je n'ai pas le choix, mais je ne serai pas un esclave. Je n'ai rien fait de mal. J'ai accompagné les Italiens qui ont demandé des augmentations et des pauses supplémentaires dans le travail. Ils nous traitent comme des chiens. Ils se moquent de nous, ils nous donnent des ordres en français qu'on ne comprend pas et, quand ça ne va pas assez vite, ils nous retirent l'argent de la paye. Tu n'as aucune idée de ce que c'est, l'usine, la chaîne et les ateliers...

Elle a envie de répliquer : « Et qu'est-ce que tu en sais, toi, tu es resté huit jours ! » Mais elle se tait.

Mesrop poursuit :

— Écoute, Aravni, on a vécu des choses difficiles, on s'en est sortis ensemble, il faut que tu me fasses confiance. Ça ne va pas être facile, mais je peux retenter ma chance chez Saint-Louis. Ça fait un an, ils ont oublié...

Cette fois, Aravni ne peut plus se contenir :

— Ils n'ont pas oublié, Mesrop. Ils n'oublient jamais. Ils ont les noms de tous ceux qui sont des agitateurs. Ils ne les réembauchent pas. Tu n'aurais jamais dû faire ton malin. À quoi ça t'a servi, hein ? À rien. Maintenant, c'est toi l'idiot qui n'a plus de travail. Ici, on doit se faire tout petits, Mesrop. Il ne faut pas faire d'histoires. Il faut penser à l'avenir, à Vram. Il faut qu'il mange à sa faim, qu'il aille à l'école et qu'il habite une vraie maison, pas une chambre d'hôtel pouilleuse. Et arrête un peu avec ta politique. Le commissaire de police a envoyé quelqu'un prendre des renseignements sur toi. Mandolini a failli nous foutre dehors, tu le sais bien. Tout ça à cause des Arméniens communistes. À force de dire qu'il faut soutenir l'Arménie soviétique, ils nous portent la poisse. On prend tous les Arméniens pour des espions rouges, des Bolcheviques. Bolcheviques, nous ! Ça va mal finir, Mesrop. Imagine qu'ils nous renvoient là-bas !

Aravni n'en revient pas de son aplomb. C'est la première fois qu'elle parle autant et aussi violemment à Mesrop. Si sa mère la voyait, elle serait consternée. Aucune femme n'élève le ton contre son mari. Ça doit être la fièvre. Tant pis. Tant mieux. Elle a dit ce qu'elle avait sur le cœur. Elle n'ose pas regarder Mesrop. Il reprend la parole. Curieusement, il n'est pas en rage.

— Tu parles comme une esclave, comme une soumise. Tu as tellement eu peur des Turcs que maintenant tu es prête à courber l'échine devant n'importe qui pour avoir du pain et un toit. Je ne suis pas de cette race. Nous devons nous battre, notre fils ne doit pas seulement manger à sa faim, il doit être fier de son père.

Aravni tourne la tête. Mesrop est adossé à la table et grignote machinalement les cacahuètes du cornet de Vram.

— Nous allons partir, Aravni.

C'est donc cela... Il veut me faire croire qu'il va rechercher du travail, mais pas du tout. Il veut s'en aller. Mon Dieu, partir encore, non, ce n'est pas possible...

— Et avec quel argent ?

La question a fusé malgré elle. Sa langue la perdra. Elle a encore parlé trop vite, sans réfléchir. Mesrop s'agace.

— Arrête avec ton argent. Ma parole, il n'y a que ça qui t'intéresse !

L'attaque est tellement injuste qu'Aravni sent les larmes lui monter aux yeux. C'est facile de mépriser l'argent quand on n'a même pas idée du prix du lait, du riz et de la viande. C'est elle qui doit ravaler son orgueil et demander aux comités de bienfaisance des manteaux, des chaussures. Mesrop est toujours occupé. L'année dernière, elle a acheté des faux cols pour qu'il puisse aller aux réunions du parti et de l'Union nationale avec son beau costume et sa cravate. Ils ont fait la photo de tous les membres du diocèse autour de Mgr Balakian. Il avait belle allure. J'étais fière de lui. Quelle idiote.

Mesrop s'en veut d'avoir été trop loin. Il tente un rattrapage.

— Je sais que tu tires le diable par la queue. Tu es une femme courageuse et méritante, et une bonne mère pour Vram. Mais justement, c'est pour Vram qu'il faut partir. Nous irons à Paris. Hier, j'ai rencontré les chefs du parti. Ils veulent que je continue le journal et que je m'occupe de l'école et de la communauté avec eux. Ils m'ont dit qu'ils me trouveraient un emploi. Pas payé une fortune, mais ce sera raisonnable. Et à Paris, je trouverai des choses à faire. Il y a beaucoup plus de travail qu'ici. Vram pourra s'inscrire dans les meilleures écoles. Il aura d'excellents professeurs…

Aravni ne répond pas. Son esprit est déjà parti. Il remonte le cours du Rhône, traverse la France à tire-d'aile, se pose tout en haut de la tour Eiffel.

Elle imagine les Champs-Élysées, les beaux magasins remplis de femmes élégantes et spirituelles, l'Opéra, la rue de la Paix.

Paris est un rêve vivant à portée de sa main. La ville des Lumières, de Victor Hugo, de Lamartine, d'Anatole France. Des grands hommes qui éclairent le monde. La ville des esprits, du talent et des arts. Une ville pour Vram.

ALFORTVILLE

Le dimanche, nous allons à Alfortville, rendre visite aux cousins germains de mon père, les neveux et nièces de son père, Mesrop.

Mesrop a fui en France avec ma grand-mère en 1923, mais son frère s'est réfugié au Liban. Plus tard, dans les années cinquante, ses enfants sont venus s'installer en France. Le dernier ne quittera à regret Beyrouth et son quartier de Bourj Hammoud, surnommé la Petite Arménie, qu'au pire moment de la guerre du Liban, dans les années quatre-vingt.

Nous partons, tassés dans la voiture, après le déjeuner dominical. Ma mère se prépare stoïquement à l'épreuve d'un après-midi entier en immersion orientale, toujours prolongé par un dîner impossible à refuser, avec des cousins sympathiques et folkloriques qui ont très peu à lui dire et réciproquement, hormis les compliments d'usage sur les enfants, que Dieu les garde. Elle s'est s'aspergée de Calèche d'Hermès, fragrance qu'elle porte comme un étendard ou un bouclier, on ne sait pas trop.

Nous somnolons dans le mal de cœur, en attendant de traverser le pont de Charenton et de reconnaître l'enseigne glorieuse du bar-restaurant Au Petit caporal, signe que le trajet touche à sa fin.

Les après-midi à Alfortville sont des moments bénis de mon enfance. Tout y est chaleureux, bruyant, excessif. Les adultes boivent des litres de café turc dans de minuscules tasses en porcelaine, mes tantes lisent dans le marc de café après avoir enlevé leurs lunettes et s'être frotté les yeux ; les coupes en cristal sont remplies de dattes, de graines de tournesol, de pistaches et de noix.

Les hommes parlent en fumant. Les femmes pépient dans la cuisine, se plaignent de leurs rhumatismes, échangent les derniers commérages du voisinage et poussent des exclamations ravies dès qu'un de nous passe le seuil de la porte.

Assise dans un coin, refusant en souriant la farandole de sucreries qu'on lui propose sans interruption, ma mère sort de son cartable les devoirs de version latine qu'elle doit finir de corriger pour le lendemain. C'est un spectacle surréaliste de la voir concentrée sur ses copies, au milieu des vociférations, des odeurs d'oignons frits et des épaisses fumées de cigarettes, biffant froidement au stylo rouge les erreurs de traduction de ses élèves.

Les enfants sont livrés à eux-mêmes, vautrés sur les lits des chambres du premier étage. Notre famille est une source inépuisable de fous rires. Nous imitons expressions et mimiques. Puis nous passons en revue les tubes de la chanson française des années soixante-dix que nous devons interpréter à tour de rôle. Toutes les vingt minutes, une de nos tantes nous propose des glaces, de la pastèque, des bonbons, des pâtisseries, des baklavas, des chocolats, des fruits secs, des chewing-gums à la menthe sur lesquels je me jette avidement car c'est interdit chez moi. Le goûter qui se prolonge jusqu'à la nuit tombée est directement suivi du dîner : plateaux de beurreks, tchikeuftés (boulettes de viande crue), pilaf, dolmas.

Un après-midi où je passai la tête dans la cuisine, j'entendis mes tantes parler en turc. J'en fus stupéfaite et choquée. C'était un peu comme si j'avais découvert qu'elles couchaient avec l'ennemi. La mère de mes cousins m'expliqua qu'elle-même ne parlant pas arménien du fait qu'elle était grecque (deuxième motif de stupéfaction), les femmes parlaient turc entre elles, leur langue commune la plus facile. J'eus du mal à digérer ces informations. Parler turc pour ma grand-mère relevait de la haute trahison. Elle s'évertuait à parler avec nous un arménien pur, débarrassé de toutes ses scories ottomanes.

Ma grand-mère nous accompagnait très rarement à Alfortville. J'ai longtemps cru que l'expédition la fatiguait. C'était faux. Ma grand-mère avait de mauvaises relations avec deux des cousines de mon père, avec qui elle s'était brouillée dans les années cinquante. Trente ans après, la blessure n'était pas refermée.

Parfois, mon père insistait et elle consentait à nous accompagner. Ces jours-là, ma mère recevait des instructions précises :

— N'oublie jamais que ma mère est la personne la plus importante de l'assemblée, c'est l'aïeule qui doit être respectée de tous et c'est elle qui doit toujours être servie en premier.

Mon père était tendu comme une arbalète et guettait le moindre incident ou propos offensant qui pouvait mettre le feu aux poudres. Ma mère se repliait prudemment derrière ses copies, pour être sûre de ne pas commettre d'impair. Ma grand-mère trônait au centre, comme une reine mère affichant ostensiblement sa mauvaise humeur et son mépris.

Servie la première, avec force courbettes, elle mangeait du bout des lèvres, s'indignait dès qu'elle entendait un mot turc, vitupérait contre mes oncles qui jouaient au tiercé et mes tantes qui faisaient des réussites sur la toile cirée.

Un jour qu'ils jouaient au rami tous ensemble, elle s'emporta et les apostropha à travers la table :

— Arrêtez de jouer ! Lisez un journal ! Prenez un livre !

C'était très humiliant et violent. Mes oncles hochèrent la tête et se mirent à taper les cartes contre la toile cirée sans oser reprendre le jeu. Mes tantes quittèrent la table et se réfugièrent dans la cuisine pour se lamenter entre elles de la dureté et de la méchanceté de ma grand-mère. Mon père avait raison : aucun n'osa la contredire ou lui répondre en face.

Observant le psychodrame qui régnait en cuisine, ma cousine leva les yeux au ciel et soupira :

— Oh la la, qu'est-ce qu'ils nous barbent avec leurs histoires de vieux...

Je ne répondis rien. Comme toujours, au risque d'avoir tort avec elle, j'étais solidaire de ma grand-mère.

Même son sale caractère m'épatait.

LA PREUVE

J'ai treize ans et je voudrais être juive.

Toutes mes amies du lycée Lamartine sont juives. Ma meilleure amie, Mathilde, suit des cours d'hébreu de 12 heures à 13 heures en salle 112. Je demande à y assister pour ne pas être séparée d'elle et par amour des Juifs. Je connais toutes leurs fêtes, leurs rituels. Le jour de Kippour, je suis à deux doigts d'aller jeûner avec mes amies ; je me promène sous leurs fenêtres et je les appelle depuis la rue. Le jeu consiste à leur raconter ce que j'ai mangé à la cantine pour les « torturer ». Elles rient au balcon en cachette de leurs parents. Mathilde est ashkénaze, comme Nathalie et Isabelle. Sylvie est séfarade, comme Anita et Dominique. J'ai l'impression qu'être arménien c'est un peu entre les deux : les mystères des Ashkénazes, la chaleur orientale des Séfarades. Leur monde m'est familier.

Je voudrais être juive parce que c'est comme être arménien avec la reconnaissance en plus.

Je voudrais être juive parce qu'on parle du génocide des Juifs dans les livres, dans les films et dans les débats des *Dossiers de l'écran* sur Antenne 2, et que c'est rassurant d'être une victime reconnue.

Le fait que les Turcs refusent jusqu'à aujourd'hui de reconnaître le génocide des Arméniens rend fou. Ce serait comme dire aux descendants des Juifs dans une Europe où les nazis auraient gagné la guerre : il ne s'est rien passé, c'était la guerre et ses dommages collatéraux et vous avez émigré pour aller faire fortune ailleurs. Il y a presque autant de preuves du génocide arménien que de l'holocauste juif. Elles sont dans les archives turques (dont l'accès libre est refusé aux historiens), dans les archives allemandes (en accès libre), dans les archives américaines (en accès libre également). Mais la Turquie refuse, gouvernement après gouvernement, depuis Mustafa Kémal, de reconnaître ce crime de son passé et fait pression pour empêcher les Arméniens d'en faire état.

Lorsque j'étais adolescente, il était interdit aux Arméniens de manifester pour la reconnaissance du génocide, pour ne pas « désobliger » la Turquie. Le 24 avril 1978, les CRS investirent l'église arménienne de la rue Jean-Goujon par mesure de « représailles anticipées » pour empêcher toute tentative de rassemblement après la messe de commémoration. L'année précédente, des Arméniens réunis sur le parvis de Notre-Dame furent chargés par les CRS. Parmi eux, mon père, qui fut matraqué, menotté puis condamné en comparution quelques semaines plus tard pour « coups et blessures contre un agent de la force publique » (en fait, un policier avait pris un coup de matraque d'un collègue), condamnation absurde dont il était très fier.

À l'époque, la vérité était une bataille dans laquelle on prenait des coups. Cent ans après le génocide, elle le reste encore.

Ce déni d'Histoire est un nœud coulant qui empêche tout Arménien, non pas de vivre, mais de respirer normalement. Être rescapé des camps de la mort, quand on est juif, doit rendre fou pareillement, mais « on » sait de quoi on parle. Même si ceux qui l'ont vécu sont condamnés à une impossibilité de le dire, et ceux qui les écoutent à une impossibilité d'appréhender avec justesse l'ampleur de l'entreprise d'extermination, il existe une compassion consensuelle face à l'innommable et à la souffrance.

Dans mon cas personnel, je voyais rarement de la compassion, quelquefois de la curiosité, souvent de la suspicion.

Enfant, adolescente et même adulte, combien de fois je me suis retrouvée à me lancer dans de longues explications sur l'Arménie (mais c'est où ?), son histoire (vous parlez arabe ?), le génocide (mais comment ça se fait, c'était quand, combien de morts ?).

Il y a ceux qui écoutent poliment, mais qui pensent qu'on dramatise des événements, certes regrettables, mais bon, c'était la guerre, tout le monde a souffert, et dans les tranchées aussi, c'était dur.

Il y a ceux qui veulent vous confondre : « Mais si ce que tu dis est vrai, comment se fait-il qu'on n'en parle jamais, de ça, en cours d'histoire, qu'il n'y ait pas de film, pas de livres, hein ? »

Quand je tente d'expliquer que les Turcs empêchent toute tentative d'écriture de l'histoire, qu'ils sont puissants et qu'ils ont les moyens de faire pression sur des États, on me soupçonne d'être en crise de paranoïa aiguë. Les Turcs, puissants ? Les gens ne connaissent pas plus la Turquie que l'Arménie, ou plutôt autant la marche turque de Mozart que le papier d'Arménie dans les drogueries.

Il y a ceux qui relativisent. « Oui, mais les Juifs c'était six millions, c'est tout de même autre chose qu'un million et demi. »

Et il y a ceux qui font de la politique. « Mais il y a bien une Arménie soviétique, pourquoi dis-tu qu'il n'y a plus d'Arménie ? Pourquoi n'allez-vous pas tous là-bas ? »

Plus je me débats dans les explications pour tenter de convaincre, plus je deviens confuse, et plus je sens la méfiance de mon interlocuteur grandir.

Cette incrédulité m'accable, me révolte. Pis, elle me déstabilise. J'ai honte. Je perds pied comme si j'étais surprise en flagrant délit de récit imaginaire. Plus je ressens leur doute, moins je me sens victime et plus je me sens coupable. Coupable d'oser prétendre au statut de victime alors que je n'ai aucune preuve convaincante. Mon dossier est vide.

Lorsque j'ai raconté l'histoire de ma famille à Mathilde, elle m'a écoutée, concentrée, hochant la tête et ponctuant mon récit de plusieurs « C'est comme ma grand-mère... ». Le lendemain, elle est venue me trouver et m'a déclaré :

— J'ai parlé à mes parents, ils m'ont dit qu'ils étaient au courant et que les Arméniens avaient beaucoup souffert.

Je percevais bien la nuance qui existait entre ce « beaucoup souffert » des Arméniens et le « souffert plus que tout autre peuple » des Juifs, mais ça ne me dérangeait pas. Cette reconnaissance m'épargnait la violence d'avoir à me justifier une fois de plus. J'étais tellement soulagée que j'en aurais pleuré.

Peu de temps après, Mathilde m'a invitée chez elle après les cours. J'étais en totale inconformité avec le règlement qui m'imposait un retour immédiat à la maison, mais les emplois du temps à géométrie variable du lycée me permettaient de tromper l'ennemi.

Mathilde voulait me présenter sa grand-mère.

C'était une petite dame maigre, vêtue d'une robe de lainage noir, qui parlait avec un léger accent. Elle m'examina derrière les verres épais de ses lunettes de myope et partit dans la cuisine chercher des biscuits. J'étais attablée avec Mathilde, soucieuse de faire bonne impression.

La grand-mère revint avec l'assiette de gâteaux. Elle la tendit devant moi. L'inscription dépassait de la manche de sa robe. Le matricule à cinq chiffres, tatoué sur la peau des déportés d'Auschwitz. Je savais parfaitement de quoi il s'agissait : ma connaissance de la déportation juive était infiniment supérieure à celle des marches de la mort arméniennes.

Je regardais le tatouage en silence. Je me disais que Mathilde avait de la chance. Sa grand-mère, contrairement à la mienne, avait une preuve.

Rue Dieu
Paris 1953

— Pars au bout du monde si tu veux, tu iras
sans moi. Plus jamais je ne te suivrai pour être
ta bonniche.

Aravni se tient devant Mesrop, adossée au
mur du balcon, les mains enfouies dans la
poche de son tablier. Elle a cinquante-cinq
ans. Sa silhouette s'est épaissie. Ses cheveux
ont des reflets auburn, soigneusement entre-
tenus au Régé Color qu'elle applique elle-
même au-dessus de son lavabo. Son teint est
toujours aussi clair mais ses traits sont fatigués. Elle a posé un châle sur ses épaules. Le
jour tombe et il fait frais. Mesrop fume. Il est
nerveux. C'est son dernier va-tout. Après, il
n'a plus de cartes dans son jeu. Si elle refuse
de partir, il partira sans elle. Avec l'argent.
Tant pis.

Elle le fusille du regard. Il baisse les yeux.
Cette femme lui aura pourri la vie. Négative.
Insatisfaite. Toujours à l'ensevelir sous les cri-
tiques. À l'extérieur, les gens l'admirent et le
respectent. On loue ses talents, sa vision politique, son courage, son panache. Chez lui, il

se fait traiter comme un enfant. Aravni ne comprend rien à ses aspirations, à ses ambitions. Elle est médiocre, attachée aux contingences, toujours à le rappeler à l'ordre, le dévaloriser, le prendre pour un incapable, un velléitaire.

Vram s'est prudemment exilé dans la cuisine où il attend l'issue de la discussion entre ses parents. C'est un homme, maintenant. Beau, chaleureux, drôle, brillant. C'est moi qui l'ai fait, pense Aravni. C'est moi qui l'ai nourri, vêtu, qui ai travaillé jour et nuit pour qu'il ne manque de rien. Quelle tristesse qu'il n'ait pas eu un père à la hauteur. Qui lui montre la voie, lui lègue une affaire prospère. Mesrop aura juste été un rêveur et un beau parleur. Qui crée des journaux qui l'endettent chaque fois un peu plus. Qui gaspille son argent dans les restaurants, invite les serveuses, paye des tournées générales et dépense ce qu'il n'a pas. Pendant que moi je couds.

Combien de millions de pièces ai-je cousues depuis que nous sommes arrivés à Paris ? Depuis la rue du Docteur-Potain. Et l'atelier de la rue du Mail. Je travaille pour payer ses costumes et ses dettes de jeu. Mon Dieu, faites que jamais Vram ne tombe dans ce vice. Le jeu, c'est le malheur qui s'installe dans un foyer…

— Avec l'argent de l'atelier de la rue du Mail, nous allons rembourser les dettes, dit Mesrop. Avec ce qui restera, nous partirons à São Paulo. Il y a une grande communauté arménienne. J'ai des relations, là-bas. Je vais monter une affaire. Le Brésil est un pays neuf, plein d'opportunités. Nos soucis seront derrière nous.

Aravni ne bronche pas.

— J'ai vendu l'atelier six cent mille francs, poursuit Mesrop.

Menteur, pense Aravni. Tu ne l'as pas vendu six cent mille. Sarafian m'a prévenue, tu l'as vendu huit cent mille. Tu mens pour garder l'argent pour toi. Tu as tellement de dettes que tu ne peux plus rembourser tes créanciers. Tu vas partir faire fortune en Amérique du Sud. Mais pars, tu entends, laisse-nous...

Après la vente, il était arrivé chez eux avec un énorme coupon de tissu à combinaisons. Il voulait qu'elle reprenne le travail à la maison. Le coupon attendait toujours, posé sur la table de la salle à manger. Elle avait refusé d'y toucher.

— Vram pourrait nous rejoindre plus tard. Il pourrait se faire une belle situation.

— Vram fait ce qu'il veut mais moi je reste. Et s'il me demande mon avis, je lui dirai qu'à cause de ses parents il n'a déjà pas fait les études qu'il souhaitait et que maintenant il ne faut pas qu'il parte à l'aventure au Brésil.

Mesrop sourit durement :

— C'est à cause de toi qu'il n'a pas fait ses études d'avocat. C'est toi qui l'en as empêché quand il est sorti du lycée Henri IV.

Mesrop était fier que son fils ait intégré Henri IV, le symbole de l'excellence française. Il rêvait d'un avenir brillant pour Vram et d'une position respectée. Quand son fils lui avait confié son intention de devenir avocat, il avait été au comble du bonheur.

Aravni sent une colère blanche monter en elle. Elle s'était promis de ne pas s'énerver, mais il a le don de la rendre chèvre. Sa voix tremble.

— Je lui ai dit de venir travailler avec nous parce que après la guerre nous n'avions plus rien, et déjà tes dettes à payer. Si tu avais eu des revenus, il aurait pu faire ses études. Mais comment voulais-tu que je les paye ?

Mesrop reprend tranquillement :

— Tu n'es qu'une ingrate. Pendant toute la guerre, tu as vécu comme une princesse. On avait un bel appartement. Vram était choyé, heureux, il n'a jamais manqué de rien. Ce n'est pas de ma faute si la situation économique a été dure pour tous.

Elle le défie du regard.

— Dis plutôt que tu ne pouvais plus compter sur tes combines de marché noir.

Il lui rétorque, haineux :

— Tu en as bien profité, de mes combines. Ça ne te déplaisait pas de dîner au restaurant et d'avoir toujours de quoi remplir ton garde-manger quand les autres faisaient la queue des heures pour des topinambours.

Aravni fulmine. Il l'a encore fait sortir de ses gonds.

— Et tu aurais préféré que je te dénonce à la police, peut-être ?

— Alors ça, pas de danger...

Mesrop écrase sa cigarette et s'attarde, par-dessus la rampe en fer forgé, sur les toits des immeubles alentour et au loin les écluses du canal Saint-Martin.

— Tu aurais privé ton cher fils du fruit de mes immondes combines. Et quoi de plus important que de lui remplir la panse. Tu en as fait un pacha, charmant, gâté et sûr de lui.

Aravni ne répond pas. Il a raison. Elle n'a jamais posé de questions sur ses enrichissements subits. Pas la peine. Tout le monde savait. Mesrop fréquentait les mêmes cercles de jeux que les Allemands. Ses relations lui permettaient une certaine tranquillité dans son commerce. Ça ne l'empêchait pas de frayer aussi avec des Arméniens issus des rangs de la Résistance et certains ont témoigné pour lui à la Libération, comme son ami Victor Gardon, qui a attesté de sa conduite.

Elle se souvient de ce dimanche où elle cherchait Mesrop parce que Vram n'avait pas réapparu après des affrontements de rue. Sarafian lui avait dit d'aller voir place des Victoires. Mesrop était au bar, attablé avec une femme. Il avait passé le bras autour de ses épaules. Elle riait en lui réajustant sa cravate. Elle portait un beau col de renard argenté. Le même que celui que Mesrop lui avait offert pour Noël.

Elle était repartie, la honte aux joues, terrorisée à l'idée qu'une de leurs connaissances puisse surprendre la scène. Non pas la trahison de son mari, mais elle, sa femme, assistant au spectacle de sa propre humiliation. Le déshonneur.

Quand elle était rentrée, Vram l'attendait à la maison. Son père lui avait demandé de le dépanner en urgence pour une course.

Après la guerre, tout avait changé. Ils avaient quitté le bel appartement du 14, rue Dieu pour en louer un plus petit dans l'immeuble en face. Ils avaient pris l'atelier rue du Mail avec un associé et engagé des extras. Il y avait du travail. Beaucoup de travail. Aravni avait repris ses cadences infernales. Et Mesrop ses rêves de grandeur, ses réunions politiques, ses plans sur la comète. Aujourd'hui, la comète filait vers le Brésil.

Elle le fixe crânement. Elle a retrouvé son calme. Elle n'ira pas. Il peut la battre, elle s'en fout. Il l'a déjà battue. C'est la première fois la pire. On a le souffle coupé, non par la douleur, mais par la violence qu'on lit dans les yeux de l'autre.

La dernière fois, c'était il y a un an, quand ses nièces étaient arrivées de Beyrouth pour s'installer à Paris. Il fallait les promener, leur faire visiter Paris, les servir. Elles étaient installées dans le canapé toute la journée, comme des princesses, et se plaignaient de s'ennuyer. Aravni se rappelle que Mesrop lui donnait des ordres devant elles. Des gamines ! Au bout de plusieurs semaines, Aravni leur avait sèchement asséné : « Ici, c'est pas Beyrouth, il faut gagner sa vie. Je travaille toute la journée, vous pouvez m'aider à l'atelier. » Elles avaient répondu qu'elles n'étaient pas venues en France pour travailler, mais pour trouver un mari. Aravni avait éclaté de rire. « Mais regardez mon mari, il me fait travailler ! » Elles sont allées se plaindre. Mesrop est entré en rage dans sa chambre, hurlant qu'elle allait apprendre le respect, et il l'a frappée. Plus que les coups, c'est cette humiliation qu'elle n'a jamais digérée : être mise plus bas que terre par son mari devant deux jeunes cousines qui étaient censées lui devoir le respect.

— Je ne partirai pas, Mesrop. Prends l'argent et va-t'en.

Elle frissonne. La nuit est tombée. Mesrop a rallumé une cigarette. Il passe sa main dans sa chevelure épaisse, argentée aux tempes. Aravni est restée trente ans aux côtés de cet homme. Trente ans de peines, de joies, de labeur, de disputes. Trente ans à repasser ses chemises, lui préparer ses repas, l'écouter en silence parler politique pendant qu'il s'échauffe avec ses amis et qu'elle sert le café, le raki, les olives, les biscuits salés torsadés que tout le monde lui réclame. S'il s'en va, elle n'en éprouvera ni plaisir ni regret.

Mesrop et Vram discutent. Vram est vraiment plus beau. Il est grand. Il porte une chemise blanche, une cravate à impression cachemire. Il est élégant.

Elle est triste de ne pas avoir eu d'autres enfants. Peu après leur arrivée à Paris, elle a fait une fausse-couche. Puis une autre. Dieu m'a punie pour mon avortement, a-t-elle pensé. La faiseuse d'anges a abîmé ses entrailles.

Mesrop parle à son fils avec animation. Il lui raconte le Brésil, l'avenir. Vram hoche la tête en souriant. Il est ému. Il ne contredit pas son père. Il a raison, pense Aravni, on ne contredit pas son père. Mais j'espère qu'il ne fera pas la folie de le suivre.

Elle va faire du café. C'est le moment de faire du café. Les deux hommes la regardent traverser la pièce. Elle se tourne vers eux. Pendant un instant, ils sont tous les trois happés par le silence, prisonniers de leurs pensées. Aravni a le pressentiment que c'est la dernière fois que Vram voit son père. Et sa gorge se serre sous le coup d'une tristesse qu'elle n'avait pas soupçonnée, et qui ralentit son pas.

LE DIPLÔME

Dans les dernières années de sa vie, je rends visite à ma grand-mère, munie d'un carnet, pour tenter de lui arracher, rencontre après rencontre, des éléments de son histoire. L'idée qu'elle meure sans que j'aie pu recueillir son témoignage me hante. Je m'applique. J'ai beau avoir une bien meilleure connaissance de l'arménien, tout n'est pas limpide. Je bute sur les mots, parfois je les retranscris phonétiquement sur le papier pour remettre à plus tard leur traduction. Je compose un puzzle où quelques rares pièces s'emboîtent mais où manque l'essentiel du motif.

Lorsque je sonne à sa porte, elle m'accueille d'un insupportable : « T'as grossi ! Tu es très bien comme ça ! » qu'elle accompagne d'un large sourire de satisfaction inversement proportionnel à mon dépit. Ou bien d'un : « T'as maigri, attention ce n'est pas bien, ton visage est tout creusé ! » qui m'enchante au plus haut point tandis qu'elle feint d'être inquiète.

Je cale mon postérieur, grossi ou minci, dans l'unique chaise du salon. Elle est assise à ma gauche, dans son fauteuil en cuir rouge.

Elle tricote. Je sors mon carnet. Je cherche comment la faire parler des épisodes les plus dramatiques de son histoire, qui sont aussi ceux qui m'intéressent le plus.

Un après-midi où je m'arme de courage pour lui demander si elle a été violée pendant la déportation, elle me répond de façon très opaque : « Tu sais, nous, les femmes, nous avons subi tellement de choses... Mais la main de Dieu était sur moi. » Je n'ai jamais compris le sens de cette réponse et n'ai plus jamais osé aborder la question.

J'essaye d'autres pistes :

— Raconte-moi précisément ce qui s'est passé dans les convois.

Elle murmure quelque chose pour elle-même que je ne comprends pas et conclut par :

— *Amane, amane...* (mon Dieu, mon Dieu...).

Je suis découragée. Je rêve de recueillir cette histoire qui est aussi la mienne et elle s'y oppose comme une gamine butée.

— Plus tard...

— Quand, plus tard ?

— Quand tu auras eu ton bébé.

Je suis enceinte de mon premier fils et j'ai décidé de consacrer un peu de mon congé maternité à venir l'écouter.

— Si je te raconte ces histoires maintenant, ça va faire du mal à ton bébé. Il entend tout.

Je ne sais pas si elle est sincère ou s'il s'agit d'une habile excuse pour reporter encore son récit. Elle sourit :

— Comme ça, tu reviendras me voir avec lui...

Je vois brusquement ma grand-mère telle Shéhérazade, suspendant sa narration pour prolonger, sinon sa vie, peut-être les moments passés en compagnie de ses petits-enfants.

En ce qui me concerne, elle sait désormais me tenir par le bout de mon carnet noir autant que par le goût de ses biscuits. Elle ne doute pas que je l'aime. Mais quelques bons motifs pour accélérer le rythme de mes visites ne sont pas inutiles.

— Parle-moi de ton mari.

Elle fait la moue, tire sur le fil de sa pelote.

Mon grand-père était un personnage connu de la communauté arménienne. On me demandait souvent si j'étais la petite-fille de Mesrop : « Quel grand orateur c'était ! Tu l'aurais entendu parler ! Et ses articles, quelle plume ! » Puis mes interlocuteurs ajoutaient : « Ton grand-père était un opposant, un scissionniste, un rebelle... »

Un rebelle dans la famille. Voilà qui mettait du piquant dans ma lignée. La rébellion de mon grand-père consistait en une opposition avec la direction du parti dont il était membre, le parti nationaliste arménien Dachnak. La direction était plutôt composée d'Arméniens du Caucase (des réfugiés issus des villes de l'actuelle Arménie, mais aussi de Tiflis, de Bakou...). Leur ascendant intellectuel et idéologique sur le parti était contesté par les Arméniens originaires des provinces de Turquie (comme mon grand-père). Pour les premiers, combattre l'Arménie soviétique, où des nationalistes arméniens étaient réprimés, était essentiel. Pour les seconds, l'ennemi était d'abord turc et la bataille politique était la reconnaissance du génocide et les réparations.

D'une certaine façon, la guerre froide sévissait dans leurs rangs. Entre ceux qui voulaient en découdre avec l'Union soviétique et ceux qui voulaient en découdre avec la Turquie (membre de l'OTAN, allié des États-Unis), la bataille faisait rage. On s'invectivait, on se bannissait, on était toujours le traître ou le renégat de l'autre camp. On se suspectait mutuellement d'être agent de la CIA ou du KGB. Mon grand-père fut accusé d'avoir accepté des subsides du Komintern, *via* l'ambassade soviétique à Paris, pour financer son journal *Mardgotss* (*Bastion*) en 1934, ce qu'il démentit vigoureusement et qui ne fut jamais prouvé. La branche caucasienne du parti Dachnak fut, elle, accusée d'avoir été instrumentalisée par l'armée allemande en 1943 pour créer une légion de volontaires chargée de combattre les Soviétiques en Arménie.

Je ne sais pas où est la vérité en ce qui concerne mon grand-père. Le personnage que j'ai découvert en écrivant ce livre est à la fois flamboyant, attachant et insupportable.

— Tu l'aimais ?

Comme les enfants qui ne se lassent pas d'entendre la scène augurale de l'histoire d'amour entre leurs parents, je rêve d'un chapitre romanesque pour ma grand-mère, un épisode qui la détache du tragique. Je voudrais équilibrer les émotions de la spectatrice que je suis. Je voudrais qu'au cœur du malheur surgisse une scène d'amour kitsch et rassurante : un coucher de soleil sur le Bosphore.

— Je me suis mariée avec lui parce que Kemal arrivait et qu'il fallait partir. Partir seule pour une femme, c'était impossible. Il me tournait autour...

Je vois mon coucher de soleil sur le Bosphore se perdre en mer, torpillé par le pragmatisme de ma grand-mère. Je ne m'y résous pas complètement.

— Mais on dit qu'il était brillant, intelligent, que c'était un grand orateur...

Elle consent du bout des lèvres :

— Oui, il parlait bien...

Je ne m'explique pas sa froideur. Même si ce mariage était de circonstance, ma grand-mère a dû partager avec Mesrop sa passion de la politique. Elle a un avis sur tout, ne s'est jamais exclue d'aucune conversation sous prétexte qu'elle était une femme. Les hommes politiques français l'inspirent. Elle hait les « Bolcheviques », même si Georges Marchais la fait rire. Elle a beaucoup apprécié Jacques Chirac comme maire de Paris, dont elle me montre, chaque Noël, la carte de visite glissée dans la boîte de chocolats destinée aux Parisiens du troisième âge.

Mais son préféré reste François Mitterrand. « Moi, socialiste », m'a-t-elle révélé un jour à voix basse à l'oreille, comme si elle venait de me confier qu'elle faisait partie de la bande à Baader et que des micros auraient pu nous confondre. J'ai compris plus tard qu'elle venait de me donner la clé d'un des rares sujets de désaccord avec son fils, qui vote à droite.

J'imagine très bien ma grand-mère en compagnonnage avec Mesrop, ce séducteur doué pour la parole et les discours. Elle est de cette fibre. Je cherche comment la sortir de son silence boudeur quand, soudain, elle se tourne vers moi, en colère. Trente ans après, les digues explosent.

— Oui, il parlait bien, c'est sûr. Et il écrivait encore mieux. Mais c'est moi qui ai travaillé toute ma vie pour le nourrir et nourrir mon fils. Les journaux, ça ne rapporte pas d'argent. Ton grand-père, ma fille, il faisait de la politique et il jouait aux cartes. Le jeu, c'est la main du diable. J'espère que jamais ton frère ne tombera dedans, que Dieu nous en préserve.

— Il jouait à quoi ?

— Qu'est-ce que j'en sais !

Elle s'énerve. Du coup, elle passe au français.

— Carrtes, carrtes, carrtes ! Toujourrrs carrtes !

Et elle conclut par un nouveau « *Amane, amane...* ».

Pour se calmer, elle part dans la cuisine faire du thé, sort de ses boîtes en métal des tire-bouchons qu'elle dispose sur une assiette en porcelaine aux mêmes motifs rose et gris que sa théière, met les gâteaux en face de moi et se rassoit pesamment dans son fauteuil. Elle vérifie que ma bouche se remplit à mesure que l'assiette se vide, preuve que son emprise sur sa petite-fille n'a pas faibli.

Rassurée par ma docilité, elle abandonne son tricot et se penche vers moi :

— J'ai eu un premier mari, tu sais.

Stupéfaite, je saisis mon carnet et, les doigts encore luisants de graisse, je commence à noter fébrilement.

Elle me fait le récit de ce mariage éphémère avec Hagop, à peine consommé et broyé par la machine exterminatrice.

— Tu l'aimais ?

Je vois mon coucher de soleil réapparaître timidement à l'horizon. Tout n'est pas perdu.

Son visage s'est adouci. Son regard flotte. Elle est partie loin, très loin. Dans la vallée du fleuve Isis, dans sa ville natale d'Amassia blottie au pied de la montagne, dans la maison de son père... Elle fixe l'écran noir de la télévision éteinte. Elle réfléchit à ma question, comme si la réponse n'allait pas de soi. À son époque, le mariage vient d'abord, l'amour ensuite.

— Nous avons été ensemble si peu de temps... C'était un cousin éloigné. Il fréquentait notre maison. Il était cultivé. Gentil. Il jouait très bien du piano...

Ma grand-mère n'a pas eu le temps de tomber amoureuse. Les Turcs ont passé là. Tout est ruine et deuil. Elle se penche à nouveau vers moi :

— Tu sais, la seule chose que j'ai sauvée des massacres, c'est son diplôme. Son diplôme d'ingénieur agronome. Je l'ai toujours. Il ne m'a jamais quittée.

Je demande à le voir. Je la suis dans sa chambre, de l'autre côté du couloir. Elle ouvre l'armoire et sort ses différentes boîtes à souvenirs.

Boîte à photos, ma préférée. Elle m'en a déjà donné plusieurs que je conserve pieusement.

Boîte à journaux arméniens.

Boîte à bijoux avec sa bague sertie de turquoises qui bannissent le mauvais œil.

Boîte inconnue. Elle l'ouvre. Au milieu d'un tas de documents mystérieux, elle extrait un sac en papier doré défraîchi des Magasins réunis. Dedans, elle saisit une enveloppe. À l'intérieur, il y a le diplôme, plié en six, jauni par le temps. Un diplôme de fin d'études de l'Institut séricole de Brousse, délivré en octobre 1906 à Hagop Boyadjian. Rédigé en français et en turc. On distingue, intacts, la frise ornementale, les pleins et les déliés de l'écriture à l'encre, les tampons et les cachets officiels, les signatures du jury d'examen.

C'est la première fois que j'ai dans les mains un objet de sa vie d'avant. Je suis intimidée. Elle le replie vite pour empêcher sa mémoire de s'y fondre dangereusement, le glisse dans son enveloppe, puis dans son sachet doré et referme à clé la porte de l'armoire qui grince péniblement dans le silence.

Ce diplôme me hante. Ma grand-mère a vécu cachée, traquée et sans papiers entre Alep et Constantinople pendant des années. Elle a ensuite vécu comme apatride en France avant d'être naturalisée en 1947. Le seul document personnel en sa possession, qu'elle conservera jalousement jusqu'à sa mort, est un diplôme.

Il n'atteste pas de son identité. Il atteste de sa croyance. Sa croyance naïve en une civilisation où l'instruction et l'éducation pouvaient sauver le monde de ses haines recuites, de son obscurantisme, de sa bêtise. Un monde idéal, rêvé par son mari, où l'homme ne serait plus un loup pour l'homme. Où il serait impossible de se transformer en bêtes sauvages, puisqu'on serait éduqués.

Caché sous sa robe, ce diplôme a été son talisman. Si le progrès et la science peuvent sauver le monde, ils sauveront peut-être Aravni, dix-sept ans, convoi d'Amassia, juillet 1915.

Ce diplôme atteste aussi de sa position sociale. Il prouve qu'elle appartient à la société des « gens bien » : éduqués, instruits, portant beau, parlant avec raffinement. La barbarie la force à une communauté de destin avec des centaines de milliers d'autres, assignés à la mort à cause de leurs origines, mais elle refuse de se dissoudre dans la masse. Elle refuse d'être un élément du troupeau. Elle est fière d'être issue d'une famille bourgeoise, elle est la femme d'un ingénieur, la fille d'un commerçant prospère, et la bibliothèque de son père est remplie de livres et d'auteurs français traduits en arménien.

Ce que j'ai longtemps considéré comme l'expression d'un complexe de supériorité infantile m'apparaît soudain d'une tout autre nature. C'est son acte de résistance. À la fois minuscule et grandiose.

L'entreprise d'extermination totale passe par la déshumanisation des victimes : faites-en des animaux, hagards, prêts à tout pour survivre ;

ils oublieront qu'ils ont été des hommes et des femmes, ils perdront leur éducation, leurs valeurs, leur solidarité. Une fois qu'ils auront déserté l'espèce humaine, il n'y aura plus d'obstacle moral à les tuer tous. Vous ne vous attaquerez pas au genre humain. Vous ferez disparaître des bêtes rampantes.

Ma grand-mère, drapée dans son admirable orgueil, son diplôme collé à la peau, refusait de devenir la bête qu'ils voulaient qu'elle devienne.

DÎNER
Paris 1955

Aravni se tient droite dans l'embrasure de la porte du salon. Elle porte une robe de jersey grise, son collier de perles, sa bague de turquoises. Elle attend que son fils lui présente la blonde aux yeux bleus qui vient de sonner et qui se tient, intimidée, sur le palier, un énorme pot d'hortensias dans les bras.

C'est la première fois qu'il lui présente officiellement une femme. Il y a bien eu d'autres rencontres, mais jusqu'à présent c'est elle qui était à la manœuvre. Elle était en recherche active de bru. Des filles de bonne famille. Arméniennes, évidemment. Son fils est un bachelier, un homme instruit, beau, plein de talent et d'énergie, il mérite un excellent parti. Elle avait réussi à lui faire rencontrer la fille de Nouhran Fringhian, le millionnaire. Une belle alliance. Mais Vram est exigeant, jamais satisfait, il cherche l'amour, quelle ineptie, l'amour. Est-ce qu'on se marie par amour ? Pfff...

Aravni se demande si c'est le pire jour de sa vie. Elle réfléchit bien, car il y en a eu beaucoup. Elle a un peu honte, eu égard à tous ses morts. Mais ce jour, en tout cas, est à marquer d'une pierre noire. C'est le jour où son enfant l'a trahie. L'a rejetée. L'a désavouée.

Autant d'heures à l'aimer, le chérir, le nourrir, l'élever comme un prince, dans l'espoir qu'un jour cette fatigue lui serait payée en retour. Comment peut-il lui faire ça ? Une Française ! Comment le persuader de renoncer à cette union désastreuse ? Comment peut-il lui interdire la joie d'avoir des petits-enfants qui parleront sa langue, qu'elle pourra bercer, cajoler, gâter, gaver ? Comment peut-il la priver de la seule vie qui vaille la peine, à l'aube de ses soixante ans ?

La jeune fille s'approche d'elle. Pour une Française, elle n'est pas trop mal. Maigre. Pas de poitrine. Comment peut-on s'enticher d'une fille sans poitrine ? La poitrine, pour une femme, c'est tout. Tss, tss...

La jeune fille aux hortensias la salue.

— Bonsoir, madame, je suis ravie de faire votre connaissance.

Aravni esquisse un sourire. Elle prend les hortensias et les pose sur la console de l'entrée sans les déballer. Ce serait une terrible faute de goût. On ne doit jamais ouvrir les présents devant les invités. Cette jeune femme va vite s'apercevoir qu'ici on est dans une maison respectable. Comment s'appelle-t-elle déjà ? Françoise...

— Georges m'a beaucoup parlé de vous.

Georges. Évidemment, il a renoncé à son nom arménien. Maintenant il n'est plus Vram, il est Georges. Il a commencé sa mue. Bientôt il ne parlera plus que français. Il m'oubliera. Je serai seule, sans petits-enfants sur les genoux, abandonnée par mon fils, après avoir été abandonnée par mon mari, mais celui-là, pourvu qu'il ne revienne pas. Pour rembourser ses dettes, j'ai travaillé dix-huit heures par jour pendant un an et demi après son départ à São Paulo. Le mois dernier, il a envoyé une lettre pour que je le rejoigne. Il rêve. En voyant la lettre, Vram a haussé les épaules. Bien sûr, je comprends mieux. Il complotait déjà avec sa blonde. Il aurait peut-être aimé que je disparaisse là-bas en Amérique du Sud, pour qu'il ait le champ libre.

— Georges m'a dit que votre époux était à l'étranger…

Aravni se tend. Qu'est-ce qu'il a raconté à cette fille ? Rien d'indécent, j'espère. Je ne suis pas une femme abandonnée ou divorcée. Il n'y a que les Français qui divorcent ou qui quittent leurs femmes. C'est dégoûtant.

Vram a invité au dîner son ami du lycée Henri IV, Michel Croizé. Il a la dure mission de détendre l'atmosphère et de parler culture avec la promise. Françoise sera bientôt professeur de français, latin et grec. Il évoque Simone de Beauvoir, qui a reçu le prix Goncourt pour *Les Mandarins*.

Pendant ce temps, Vram surveille sa mère du coin de l'œil. Est-ce qu'elle va être juste désagréable ou franchement hostile ? Il sert le vin, plaisante, la met en valeur devant Françoise, vante ses talents culinaires.

233

Il y a deux semaines, Vram est venu voir Aravni dans sa cuisine. Il se mordait la langue, se tortillait. On aurait dit un enfant de trois ans. Aravni l'a regardé, méfiante. Elle connaît la faiblesse des hommes. Est-ce qu'il n'allait pas lui annoncer qu'il avait joué aux cartes et qu'il devait de l'argent ? Non, son fils ne pouvait pas lui faire ça, ce serait trop horrible.

Vram a toussoté :

— Cet été, en vacances, tu sais, au Club Méditerranée, en Tunisie...

Voilà qu'il se balance d'un pied sur l'autre. Mon Dieu, ce Club Méditerranée, c'est un club de jeux. J'en étais sûre.

— Vram, mon fils, dis-moi ce que tu as à me dire. Je suis ta mère, je peux tout entendre...

— J'avais de l'argent en poche...

Nous y voilà. Aravni a senti ses épaules s'affaisser sous le coup du destin.

— En fait, cet argent dépassait de la poche arrière de mon short et il était à deux doigts de tomber. Une jeune fille m'a appelé et m'a dit : « Attention, vous allez perdre vos billets... »

Vram s'est embrouillé dans ses explications. Aravni n'y comprenait goutte. Elle a froncé les sourcils.

Vram a repris, la voix plus ferme :

— C'est une jeune fille de bonne famille, douce, sérieuse. Elle est professeur... Je voudrais te la présenter. Je l'ai invitée à dîner.

Aravni est restée bouche bée.

Son fils était amoureux. Amoureux d'une Française qu'il allait lui amener à dîner. Tout ça parce que son argent allait tomber de sa poche. La peur l'a submergée et elle a explosé :

— Évidemment, tu ne fais jamais attention ! Combien de fois t'ai-je dit de ne pas mettre ton argent en vrac dans tes poches et encore moins dans la poche arrière de ton pantalon ? Tu ne peux que le perdre ou te le faire voler. Eh bien voilà. Je t'avais prévenu ! C'est la catastrophe ! Si tu faisais attention, on n'en serait pas là !

Vram n'a pas fléchi sous l'attaque, ahurissante sur la forme, mais prévisible sur le fond.

— Je voudrais juste te la présenter.

Aravni regarde son fils déployer tout son charme pour tenter de plaire à celle dont il est amoureux, sans déplaire à celle qui l'aime depuis trente ans et qu'il va bientôt quitter.

Elle est anéantie. Elle voudrait se calmer, se raisonner. Il paraît que certaines femmes françaises sont bien. Pas des femmes indécentes qui rient fort, prennent des amants, fument dans la rue, ne savent pas tenir leur maison, rentrent tard le soir et sont incapables de faire à manger à leur mari et à leurs enfants. Ou alors toujours la même chose. Des steaks cuits dans le beurre, quelle horreur, avec des petits pois en conserve. Même au pire moment de sa vie avec Mesrop, elle a toujours préparé ses repas correctement. Il n'a jamais eu à s'en plaindre.

Elle s'imagine dans dix ans, avec des petits-enfants blonds, qui parlent français et se moquent d'elle, attablés devant des assiettes de conserves réchauffées, maigres, désagréables et prétentieux. Autant mourir tout de suite.

Demain, elle va parler à Vram. Oui, c'est ça, elle va lui parler. Il est intelligent, il va comprendre. On ne bousille pas son avenir pour une histoire d'argent qui tombe de la poche, dans un club de vacances avec des tentes en Tunisie.

Elle se lève, tout à coup plus optimiste. Elle va chercher le dessert et faire le café. En passant elle lance un regard assassin à Françoise. Mais Françoise ne la voit pas. Elle est absorbée par Georges, qui lui raconte une histoire, elle rit joliment, ses pommettes rosies par le vin sont comme des abricots, ses yeux bleus se plissent. Et Vram est hypnotisé, la prunelle brillante, sûr de son charme, heureux de la faire rire.

Aravni ne se souvient pas que Vram l'ait jamais contemplée comme ça. Ou alors il y a si longtemps, tout petit, sans défense dans ses bras. Son fils n'est pas amoureux. Il est fou amoureux.

Le cœur torpillé, elle se précipite dans la cuisine.

LA DISPARITION

Mon père est mort à Marseille dans le port de la Joliette, à l'endroit où ses parents avaient débarqué cinquante-cinq ans plus tôt. Le *Napoléon* enfournait une à une les voitures bourrées de vacanciers en partance pour la Corse. Nous attendions notre tour, écrasés par la chaleur, quand mon père s'est mis à grimacer sous la douleur. Son cœur s'emballait. J'avais quinze ans.

Ma mémoire a fait le tri dans les souvenirs de cet été, décidant pour moi ce qu'il valait mieux garder ou m'épargner.

Je me souviens du médecin, désemparé, qui nous annonce l'échec de la réanimation. J'entends le cri de ma mère et je vois le visage de mon frère, bouleversé, lui chuchoter quelque chose à l'oreille. Je me revois debout face à la baie vitrée de la salle d'attente de l'hôpital de la Timone, hypnotisée par les milliers de points lumineux dans la nuit, me répétant, comme une énigme à déchiffrer d'urgence, « Mon père est mort, mon père est mort », incapable d'en assimiler le sens et d'en ressentir l'effroi. Pour comprendre ma peine, j'observe celle des autres. Ma mère, les yeux noyés, tombant dans les bras de son frère, Pierre, arrivé de Valence pour nous prendre en charge. La famille de ma mère, ruche bourdonnante et bienveillante, s'active déjà pour nous entourer.

Une image m'obsède : ma grand-mère, assise dans son fauteuil rouge, crochetant des pétales de fleurs, distraite par la télévision, son balcon ouvert sur l'orageuse nuit d'été parisienne. Elle est seule à Paris. Pour quelques instants encore, elle se croit la mère d'un fils parti en vacances en famille. Bientôt elle ne le sera plus. À la longue liste de ses morts, un nom vient de s'ajouter, le plus insupportable, le plus injuste de tous.

Je me dis, elle n'a plus que nous. Ma sœur, mon frère et moi. Ses petits-enfants. L'avenir dira qu'elle avait aussi ma mère, qui veillera sur elle avec constance et patience jusqu'à la fin.

À notre retour rue Dieu, à Paris, dans l'appartement où se succèdent les visiteurs venus embrasser la famille endeuillée, ma grand-mère accueille ma mère par ces mots tremblants qu'elle prononce dans son français malhabile et malheureux :

— C'est un grand malheur qui nous arrive, Françoise...

Les deux femmes s'effondrent dans les bras l'une de l'autre, dans une proximité qu'aucune des deux n'aurait souhaité connaître un jour.

Dans les semaines qui suivent, un nouvel ordonnancement s'installe. Ma mère et ma grand-mère sont au service d'une cause commune qui les force à s'extraire de leur chagrin : finir d'élever les enfants de mon père.

Ma grand-mère range dans un placard son tourne-disques antédiluvien, sur lequel elle écoutait des 33-tours d'airs d'opéra enregistrés à Erevan dans les années soixante. Je ne l'entendrai plus jamais chanter dans sa cuisine. La colombe a perdu sa joie de vivre. Elle se remet aux fourneaux. Tire-bouchons, sablés, helva en pâte épaisse suintant l'huile, le sucre et la cannelle, helva en semoule de blé avec raisins et pignons, gâteaux de semoule au caramel, moules farcies au riz et pignons, plaki de haricots blancs en salade avec céleri, carottes et tomates, dolmas, beureks au fromage, beureks aux épinards, keuftés, pilafs de riz blanc (jamais de blé, le blé, c'est le riz des pauvres), loupias (haricots en sauce tomate). La nourriture tient désormais autant du devoir de survie que du devoir de mémoire. Une cuillerée pour Nani. Une cuillerée pour papa. Chaque bouchée que j'avale redit la place qu'il occupe, pas seulement dans mon esprit chagrin, mais aussi dans mon corps, dans mes veines. La sève de ce père absent a la force d'un torrent d'avril. Ma grand-mère arrose méthodiquement les racines.

Ma mère, pendant ce temps, se débat courageusement face aux difficultés financières héritées de son mari, qu'elle nous cache mais que nous connaissons tous. Y compris ma grand-mère. Elle a le cœur brisé de voir la femme de son fils s'évertuer à remettre à flot les finances de la maison, comme elle le fit elle-même avec son mari vingt-cinq ans plus tôt.

Tout en apurant les comptes, ma mère fait fortifier l'héritage spirituel, preuve de sa fidélité sans faille. Elle s'investit corps et âme dans l'association de l'Église catholique arménienne dont mon père et elle étaient des paroissiens assidus depuis des années. Ma grand-mère s'en félicite. Sa bru a beau être française, c'est une femme bien.

Un dimanche où nous sommes rassemblés pour le déjeuner dominical, ma grand-mère désigne à mon frère la place qu'occupait mon père à table. « Assieds-toi ici. Tu es l'homme de la maison, maintenant. » Mon frère a treize ans. Médusée, je le vois s'asseoir à la place du mort. Le voilà donc intronisé par l'aïeule de la maison, dans une mise en scène dont je perçois bien les enfermements dangereux. Révoltée par cette tentative d'usurpation et par le poids indécent qu'elle fait peser sur les épaules de mon petit frère, je laisse fuser entre mes lèvres un ricanement, venu du plus profond de notre enfance, de ces moments dédiés aux jeux comiques dont nous inventions tous les deux les règles. Mon frère remplace mon père ? Quelle bonne blague. Ma mère et ma grand-mère me fusillent du regard. Tant pis. Je ricane pour que mon frère reste mon frère. J'ose penser qu'il en fut soulagé.

Recettes

— Qu'est-ce que tu attends pour te marier ? Il faut se marier sans réfléchir. Si on réfléchit, on ne se marie pas. La seule chose importante est que ton mari ait les yeux sur toi. J'ai bien observé Ara. Il a les yeux sur toi. Sa famille est très respectable. Tu dois te marier et avoir des enfants. Tu as déjà vingt-quatre ans !

— Pour faire le imrig helva, tu fais d'abord chauffer le lait avec du sucre.
— Quelle quantité ?
— *Atchki tchap...* (formule qu'on peut traduire par : tu fais à l'œil).
— Nani, je ne sais pas faire la cuisine à l'œil. Dis-moi les mesures.
— Je ne sais pas. Tu te tromperas et tu apprendras. Ensuite, tu prends de la semoule de blé fine, tu la fais revenir dans l'huile et quand elle devient rose, tu verses le lait chaud dessus.
— Comment ça, quand elle devient rose ?
— Oui, quand elle devient rose. Tu vois bien que la couleur change, là... Regarde, la semoule est rose.

— Frrançoise !

— Oui Nani ?

— Vous mettez pas la coulotte à Astrig ? Sous la chémise dé nouuit… ?

— Euh, non…

— Alorrs c'est vrrraie Parrrisienne !!

Éclat de rire de ma grand-mère, relayé par ma mère, soulagée par l'humour de sa belle-mère sur cette divergence culturelle fonda-mentale.

— Frrrançoise ?

— Oui Nani ?

— Il faut bien fairre cômme ça avec le nez de Armen (elle montre le geste de pincer le nez).

— Vous croyez ? Je ne sais pas…

— Mais si !! Il faut ! Sinon nez grrros !!

— Mais…

— Beau nez aprrrès… !!

Elle ne comprend pas pourquoi sa bru refuse d'obtempérer. Dès que ma mère a le dos tourné, elle pince le nez de mon frère. Ravie, j'en fais de même.

— Vasken pleure !

— Oui, j'ai entendu, mais il faut qu'il dorme, il va pleurer un peu et…

— Mais il pleure depuis cinq minutes !

— Non, deux minutes, mais tu sais, le pédiatre a dit…

— Qu'est-ce qu'ils y connaissent, les pédiatres ! Un bébé, ça ne doit pas pleurer. Tu le berces jusqu'à ce qu'il dorme. Ou tu le prends dans tes bras. Il finira bien par s'endormir… C'est hon-teux de laisser pleurer un enfant comme ça. Je vais lui chanter une chanson. Tu devrais lui chanter des chansons.

— Mais je lui chante des chansons, je…

— Tu ne connais pas les bonnes chansons !

Elle lui chante une berceuse qui parle de la lune qui éclaire son berceau. Mon fils s'endort immédiatement.

— Tu mets toujours une bouteille d'eau de Cologne dans ton sac et tu frottes.

— Frotter quoi ?

— Tout. Il y a des microbes partout. Quand tu te fais mal, quand tu tombes, quand tu sors du métro. Tu frottes. Sinon, dès que tu es chez toi, tu frottes avec du Synthol. Le Synthol soigne tout.

— Tu as peigné tes cheveux ?

— Ce n'est pas beau si je les peigne, ça devient une boule.

— Mais enfin, on peigne ses cheveux tous les jours !

— Je les brosse, ça suffit.

— C'est honteux, ma fille, honteux… Et tu devrais tirer tes cheveux en arrière. On ne voit pas tes yeux. On ne doit jamais cacher ses yeux.

Ma frange est pour elle une tentative de dissimulation qui dénote une personnalité trouble. Elle insiste, contrariée :

— Pas biène ça… (en français).

— Tous les matins, à jeun, tu manges une gousse d'ail. Ça guérit tout. Regarde, je ne suis jamais malade. Toi, tu es toujours malade.

— Ceux qui font des bêtises petits seront intelligents plus grands...

— Pas sûr.

— Si. Toi, tu faisais beaucoup de bêtises. Un vrai singe. Et maintenant, tu as les yeux grands ouverts... Moi aussi, petite, j'étais « manque garçoonne... » (en français).

(Sourire complice.)

ÉPILOGUE
9 août 1994

Vram a sa culotte courte, ses sandales et ses beaux cheveux bouclés, il court dans l'escalier et se retourne vers moi pour que j'accélère. Attends-moi, Vram, on ne court pas dans les escaliers, tu vas encore tomber.

Dieu que cet enfant est mignon. Comment a-t-il fait pour entrer dans la chambre d'hôpital ? C'est interdit aux enfants.

Il fait atrocement chaud. Ils ne nous donnent pas à boire. Il faudrait que je trouve de l'argent sans que les Turcs me voient, sinon ils vont me transpercer avec leur baïonnette. Le verre d'eau coûte cinq kurush. Et si les infirmières avaient volé mon argent ? C'est bien connu, ils volent les vieux sans défense dans les hôpitaux, et ils se servent d'eux pour faire des expériences. Ils vont m'empoisonner.

C'est le mois d'août, le mois où mon fils est mort. Le voilà qui se penche au-dessus du lit. Il s'impatiente. C'est un petit prince, un pacha, un roitelet. Je me demande si je ne l'ai pas trop gâté.

Il y a trois jours, je suis tombée. C'est mauvais, je sais que c'est mauvais. J'ai quatre-vingt-seize ans. Enfin, c'est ce qu'ils croient. Ce n'est pas vraiment ma date de naissance.

J'étouffe dans cette pièce. J'ai oublié mon eau de Cologne à la maison de retraite. Je n'y retournerai pas. Il n'y a que des vieux là-bas. Les trois quarts sont des crétins. Ils ont de l'herbe dans la bouche. Je m'y ennuie. Personne avec qui parler.

Vasken est venu avec sa mère avant l'été, c'est un beau garçon maintenant. Je lui ai donné des Pailles d'or. Ce sont ses biscuits préférés. J'en garde toujours au cas où. Taline aussi les adore. Elle a les yeux clairs, comme Maral, et elle parle bien l'arménien. Elles pourraient jouer ensemble. Je vais en parler à Mère.

J'ai deux autres arrière-petits-enfants maintenant. Aris et Vram. Vram, comme mon Vram à moi. Lumières de mes yeux ! Il faudrait les mettre à l'ombre dans le jardin, sous le platane où Père a installé le tapis de Tabriz. Cette chaleur est insupportable pour les bébés.

L'infirmière n'arrête pas de me tourner autour. Elle parle fort comme si j'étais sourde. Je ne suis pas sourde, je ne comprends rien à ce qu'elle dit. Elle parle une langue étrangère. Elle s'agite, elle transpire. Elle va peut-être me voler mon eau. Attention, après je n'aurai plus assez d'argent pour payer l'eau. Il faut que je prévienne Marraine de la surveiller de près.

J'ai demandé qu'ils me donnent encore des calmants. J'ai mal, Seigneur, j'ai mal.

Vram parle avec Maral. Jolie Maral, un morceau de lumière. Elle porte sa robe de baptême en dentelles blanches que Mère avait mise de côté pour mon premier-né.

Vram court dans l'escalier. Ah non, il ne va pas recommencer. Il tombe, il déchire ses culottes et à force de les recoudre, elles ne ressemblent plus à rien.

Vram réclame des bonbons. Je n'en ai pas, mon ange. Attends, je vais prendre la boîte en fer. Il y a des tire-bouchons dedans. Astrig et Armen les adorent. Je vais leur en donner aussi. Il faudrait juste que j'attrape la boîte.

Sois patient, mon âme adorée, j'arrive.

REMERCIEMENTS

L'histoire d'Aravni est une reconstitution romancée faite à partir des notes que j'ai prises auprès de ma grand-mère pendant les dernières années de sa vie. Un grand merci à ceux qui m'ont aidée à combler les manques et à préciser son parcours.

Ma famille en premier lieu. Ma mère, surtout, qui a mis ses souvenirs à ma disposition. Pardon d'avoir remué un passé parfois douloureux. Merci à mon frère, pour sa reconstitution exacte de la langue de ma grand-mère et de quelques expressions savoureuses.

Raymond H. Kévorkian, qui m'a guidée pour reconstituer l'itinéraire du convoi de déportés de ma grand-mère. Son travail d'historien incomparable, les archives qu'il a collectées sont une source d'information inestimable sur les processus et les méthodes de l'extermination ainsi que sur le rôle des grandes puissances. Merci pour sa relecture attentive.

Ara Yézéghian et Aida Toutghalian. Merci pour ces échanges, pour les photos, véritables cadeaux inattendus.

Varoujan Artin et l'association **ARAM** (Association pour la recherche et l'archivage de la mémoire arménienne), qui rassemble et sauvegarde les documents relatifs à l'Arménie avant 1915, au génocide et à l'histoire des communautés arméniennes en diaspora et en France, notamment à Marseille. Un travail précieux et remarquable. Merci pour votre disponibilité.

Raffi et Dikran Tospat, petits-enfants de Hovannes Tospat, le sauveur de ma grand-mère à Alep. Votre nom est au panthéon de l'histoire familiale.

Anahide Ter Minassian, historienne spécialiste des questions arméniennes contemporaines. Merci pour son éclairage.

Merci à Ara, père de mes enfants Vasken et Aris, qui a la passion de l'Arménie et qui ne se résigne jamais. À Jacques et Suzanne, ses merveilleux parents. Merci, Suzanne, de m'avoir transmis (en partie) la science de ta cuisine.

Merci à Franz de partager quelquefois ces interminables et exotiques dîners de famille arméniens. Une vraie torture pour un végétarien et un Américain qui n'aime rien tant que manger debout et sur le pouce. Heureusement, il y a les feuilles de vigne de Sylvie... Merci aussi d'avoir créé ce merveilleux personnage de Rose dans *La Cuisinière d'Himmler*, petite Arménienne fuyant le génocide en 1915, vengeresse joyeuse et amoureuse de la vie, jamais victime.

BIBLIOGRAPHIE

Essais

Taner Akçam, *Un acte honteux : le génocide arménien et la question de la responsabilité turque*, Denoël, 2008 ; Gallimard, 2012.

Cengiz Aktar, *L'appel au pardon : des Turcs s'adressent aux Arméniens*, CNRS Éditions, 2010.

Jeanine Altounian, *De la cure à l'écriture. L'Élaboration d'un héritage traumatique*, PUF, 2012.

Annick Asso, *Le Cantique des larmes : Arménie 1915, paroles de rescapés du génocide*, La Table ronde, 2005.

Peter Balakian, *Le Tigre en flammes : le génocide arménien et la réponse de l'Amérique et de l'Occident*, Phébus, 2005 ; Libretto, 2011.

Marie-Antoinette Varténie Bédanian, *Traverse mère de Dieu... Marseille*, « Graveurs de mémoire », L'Harmattan, 2003.

Lydie Belmonte, *La Petite Arménie à Marseille : histoire de la communauté arménienne à Marseille à travers le boulevard des Grands-*

Pins à Saint-Loup, Éditions Jeanne Laffitte, 2004.

Stephan Boghossian, *La Communauté arménienne de Marseille. Quatre siècles de son histoire*, « Graveurs de mémoire », L'Harmattan, 2009.

Hamid Bozarslan, Raymond H. Kévorkian, Vincent Duclert, *Comprendre le génocide des Arméniens. 1915 à nos jours*, Tallandier, 2015.

Jean-Marie Carzou, *Arménie 1915. Un génocide exemplaire*, Flammarion, 1975 ; Calmann-Lévy, 2006.

Fethiye Çetin, *Le Livre de ma grand-mère*, Éditions de l'Aube, 2006 ; 2008 ; Éditions Parenthèses, 2013.

Gérard Chaliand, *Mémoire de ma mémoire*, Julliard, 2003 ; Éditions de l'Aube, 2008.

Reine Cioulachtjian, *Et les mots pour héritage : légendes et proverbes d'Arménie*, Éditions Un livre pour l'Arménie, 1998.

Leslie A. Davis, *La Province de la mort. Archives américaines concernant le génocide des Arméniens (1915)*, Éditions Complexe, 1994.

Zabel Essayan, *Dans les ruines. Les massacres d'Adaha, avril 1909*, Phébus, 2011.

Ahmet Insel, Michel Marian, *Dialogue sur le tabou arménien*, Liana Levi, 2009.

Raymond Kévorkian, Yves Ternon, *Mémorial du génocide des Arméniens*, Seuil, 2014.

Albert Londres, *Marseille Porte du Sud : le regard passionné d'un grand reporter*, Éditions Jeanne Laffitte, 1980 ; 2006.

Laure Marchand et Guillaume Perrier, *La Turquie et le fantôme arménien : sur les traces du génocide*, Actes Sud, 2013.

Henri Morgenthau, *Mémoires : documents inédits du Département d'État*, Flammarion, 1984.

Marc Nichanian, *Entre l'art et le témoignage : littératures arméniennes au XXᵉ siècle*, 3 volumes, Mētispresses, 2006-2008.

Laurence Ritter et Max Sivaslian, *Les Restes de l'épée : les Arméniens cachés et islamisés de Turquie*, Éditions Thaddée, 2012.

Anahide Ter-Minassian, *La République d'Arménie : 1918-1920*, Éditions Complexe, 1989 ; 2006.

Yves Ternon, Jean-Claude Kebabdjian, *Arménie 1900*, Éditions Astrid, 1980.

Yves Ternon, Jean-Claude Kebabdjian, *L'Arménie d'Antan*, HC Editions, 2009 ; 2015.

Arnold J. Toynbee, *Les Massacres des Arméniens, le meurtre d'une nation, 1915-1916*, préface de Claire Mouradian, Petite bibliothèque Payot, 2004 ; 2012.

Romans

Peter Balakian, *Black Dog of Fate. An American Son Uncovers his Armenian Past*, Basic Books, 1997.

Zabel Essayan, *Mon âme en exil*, Éditions Parenthèses, 2012.

Victor Gardon, *Le Vanetsi : une enfance arménienne*, Stock, 2008.

Franz-Olivier Giesbert, *La Cuisinière d'Himmler*, Gallimard, 2013 ; 2014.

Edgar Hilsenrath, *Le Conte de la pensée dernière*, Albin Michel, 1992 ; Le Livre de poche, 2012 ; Le Tripode, 2015.

Armen Lubin (Chahan Chahnour), *Les logis Provisoires*, Éditions Rougerie, 1983.

Armen Lubin (Chahan Chahnour), *La retraite sans fanfare : histoire illustrée des Arméniens : récit*, L'actmem, 2009.

Hrant Matévossian, *Soleil d'automne*, Albin Michel, 1994.

Franz Werfel, *Les 40 jours du Musa Dagh*, préface d'Élie Wiesel, Albin Michel, 1986 ; Le Livre de poche, 1989 ; Albin Michel, 2015.

Robert Antelme, *L'Espèce humaine*, Gallimard, 1979 ; 1996.

Primo Levi, *Si c'est un homme*, Pocket, 1988 ; Robert Laffont, 1999 ; 2002.

Élie Wiesel, *La Nuit*, Éditions de Minuit, 1958 ; 2007.

Sites internet

http://imprescriptible.fr

http://webaram.com/

http://denisdonikian.blog.lemonde.fr/author/denisdonikian/

http://zoryaninstitute.org/

http://www.armenews.com/

http://www.armenian-genocide.org/

http://www.genocide-museum.am

http://genocide1915.info/

Composition
FACOMPO
Achevé d'imprimer en Espagne
par CPI BOOKS
le 12 Novembre 2019.

1er dépôt légal dans la collection : avril 2016.

ÉDITIONS J'AI LU
87, quai Panhard-et-Levassor, 75013 Paris

Diffusion France et étranger : Flammarion